Alma Mathijsen

Ich will kein Hund sein

In der Novelle «Ich will kein Hund sein» beschließt eine Frau, sich in einen Hund verwandeln zu lassen, um als Vierbeiner von ihrem Exfreund aufgenommen zu werden – endlich wieder seine Nähe spüren, ihn uneingeschränkt und bedenkenlos lieben können. Doch die glücklichen Aussichten lassen sie so manchen unangenehmen Nebeneffekt der Verwandlung vergessen. Ist es am Ende vielleicht doch besser, wie ein Mensch fühlen zu können, auch wenn es uns manchmal in den Wahnsinn treibt?

Alma Mathijsen wurde 1984 in Amsterdam geboren, studierte Kreatives Schreiben in New York und an der Kunstakademie Gerrit Rietveld Academie. Neben «Ich will kein Hund sein» wurden bereits drei Romane, eine Kurzgeschichtensammlung, mehrere Theaterstücke, Essays und Kolumnen von ihr veröffentlicht.

Andreas Ecke übersetzte unter anderem Bücher von Gerbrand Bakker, Mathijs Deen, Anne-Gine Goemans und Bert Wagendorp. 2010 erhielt er den Else-Otten-Übersetzerpreis, 2016 den Europäischen Übersetzerpreis.

Alma Mathijsen

Ich will kein Hund sein

Novelle

Aus dem Niederländischen
von Andreas Ecke

C.H.Beck

I know I did a stupid thing. So stupid! Getting braces.
I thought ... I thought he would love me. Getting ...
braces! And for what? For something I don't even ...
I don't know where to put things, you know? I really do
have love to give! I just don't know where to put it!

Quiz Kid Donnie Smith – Magnolia

Dein Blick ist anders, irgendetwas macht mir Angst. Du wickelst die Nudeln flott um die Gabel und schiebst mit dem Messer Ragout darauf. Du beeilst dich, alles aufzuessen, während sonst meistens ich deinen Teller leere. Lange habe ich mich dafür geschämt. Sollte ich nicht weniger essen? Nach einiger Zeit ließ diese Sorge mich los, ich bekam in gewissem Sinne alles. Die Liebe und das Essen.

«Ich weiß es nicht», sagst du.

Dein Teller ist leer, und du siehst mich an. Schon seit mehr als einem Jahr höre ich das nach jeder Frage, die ich dir stelle. Warum willst du jetzt nicht reden? Warum darf ich dich nicht berühren? Warum darf ich mich nicht mehr an dich kuscheln? Ich weiß genau, was du meinst, habe aber noch nicht den Mut, es zu hören. Diesmal werde *ich* nichts erwidern, denke ich. Diesmal werde *ich* sehr lange brauchen, um meine Nudeln aufzuessen. Ich hatte mir das früher schon vorgenommen, es aber nie geschafft, ich bin zu gierig, zu verfressen. Meine Kehle schnürt sich zusammen. Der kleinste Bissen ist zu groß, die Nudelmasse bleibt an meinem Gaumen kleben. Fühlt es sich so an, wenn man nicht gern isst? Du hast mal gesagt, du würdest lieber Tabletten schlucken, als all die täglichen Mahlzeiten zu dir nehmen zu müssen. Ich glaube, ich würde lieber sterben, als nicht essen zu dürfen.

«Ich weiß es wirklich nicht mehr», sagst du.

Ich hatte gedacht, du würdest niemals wagen, es ein zweites Mal zu sagen. Darf ich so tun, als hätte ich es nicht gehört? Damit wir weiterleben können? Damit ich morgen meinen Artikel für die Zeitung abschließen kann, während du die Decke noch etwas höher ziehst, um weiterzuschlafen? Ich weiß es ja auch nicht. Warum wir hier sind, welchen Sinn alles hat und ob das Universum endlich ist. Nur hast du das nicht gemeint. Du hast gemeint, dass du wirklich nicht weißt, wie du uns helfen sollst, wie wir zu reparieren sind. Das eine Wort stört mich: wirklich. Dass du es *wirklich* nicht mehr weißt. Als könntest du es nicht anders wissen als *wirklich* nicht.

«Ich auch nicht», lüge ich.

Ich kenne tausend Möglichkeiten, und ich habe sie dir schon so oft genannt.

Noch mehr Sommer in Italien, mehr Aperol Spritz, am nächsten Tag noch mehr Paracetamol, weniger anziehen, dafür mehr Feuer, und damit meine ich richtiges Feuer, das wir in der Nacht am Strand anzünden, auch wenn dann die Feuerwehr kommt und wir uns hinter den Felsen verstecken müssen. Noch mehr Portionen, die du nicht schaffst, weshalb ich deine Teller leer esse, damit du dich nicht vor dem Kellner zu schämen brauchst. Nicht weniger, sondern mehr auf dem Sofa sitzen, ineinander verflochten, noch einmal *The Lobster* sehen, in den Sofaritzen Popcorn finden, es essen und dann den ganzen Abend zwischen den Backenzähnen pulen. Sich gegenseitig noch mehr Songs vorspielen, auch den einen, für den ich mich schäme. Ich werde von dem Whisky mittrinken, der meine Kehle rauchig und gebraucht zurücklässt. Noch mehr «Flauf» und andere Namen für mich, die völlig sinnlos sind, aber aus deinem Mund jedes Mal wieder wie eine Liebeserklärung klingen. Mehr Finger in meinem Ohr und an anderen Stellen. Noch mehr Spiegel, in die wir schauen, wenn du mich in den Armen hältst oder wenn wir vögeln, lieber das, viel öfter das.

Oder doch reden, mit anderen, die wir nicht kennen, denen wir nie zuvor begegnet sind, die sich Therapeuten nennen und nicht auf das achten, was wir sagen, sondern auf das, was wir meinen. Und dann tagsüber bei strahlendem Sonnenschein ins Kino. Noch mehr am Handy des anderen, um anderer Leute Geschichten zu sehen, dein Instagram-Feed ist sowieso interessanter als meiner. Noch mehr durch den Regen fahren und nirgendwo ankommen. Noch einmal, während du reglos auf mir liegst, dein Gewicht spüren, und dann schließlich doch das eine.

Du zahlst. Ich weine, und du siehst mich an. Ich wage nicht, noch einmal aufzublicken, weil ich es nicht ertragen würde, wenn du immer noch nicht weinst. Während wir nach Hause gehen, beschleicht mich aber ein ganz anderes Gefühl. Plötzlich habe ich keine Lust mehr.

«Ist gut», sage ich, «dann machen wir Schluss.»

Als Kind habe ich mal eine ganze Rolle Kekse zu

Krümeln zermalmt, weil ich keinen Keks essen durfte. Wenn ich keine Kekse haben darf, dann darf niemand welche haben. Der Drang zu zerstören bahnt sich einen Weg durch meine Speiseröhre und wird zu bitteren Worten. Langsam spreche ich sie aus, drehe sie im Mund herum, bevor sie deutlich artikuliert hinausdürfen. Sechs abgebackene Brötchen mit einem Klacks Sahne als Zugabe. Das ist Neuland.

«Ich weiß es auch nicht mehr», sage ich, und nicht ein Wort ist so gemeint.

«Nein», sagst du, aber du meinst Ja.

Vor uns bückt sich eine Frau mit einem blauen Plastikbeutel um die Finger. Ein ungeschorener Pudel tollt ungeduldig um sie herum. Ohne Ekel kratzt sie seine Exkremente von der Gehwegplatte. Du betrachtest das Tier mit zärtlichem Blick, als hättest du vergessen, was ich eben zu dir gesagt habe.

Wir sitzen nebeneinander auf dem Sofa, wie wir es nie zuvor getan haben. Du weinst mit zuckenden Schultern, jede Träne schießt durch deinen ganzen Körper und dann abrupt ins Freie. Einen winzigen Moment kann ich das genießen, ich denke daran, wie oft ich nackt vor dir gestanden habe und du so getan hast, als würdest du mich nicht sehen. Jetzt tue ich so, als würde ich dich nicht weinen sehen. Zwei Sekunden halte ich es durch, dann lasse ich mich an deine Schulter fallen.

«Soll ich jetzt weg?», fragst du.

Nicht weggehen, alles, nur nicht das.

«Wie du willst.»

Wieder muss *ich* es tun. Ich will es nicht. Ich will, dass du bleibst, ich will, dass du niemals weggehst, ich will, dass du mich ganz fest packst, dass du mich austrinkst.

«Vielleicht wäre das besser», sage ich und töte damit alles.

Ich treffe für dich die Entscheidung. Weil du es nicht über dich bringst, spreche ich die Worte aus, die du hättest aussprechen müssen. Jetzt bin ich es, die, vom Weinen geschüttelt, in deinen Armen liegt.

«Flauf», sagst du ein letztes Mal.

Du küsst mich, es schmeckt salzig von den Tränen. Nicht den Mantel anziehen, nicht die Hand auf die Klinke legen, nicht einen Fuß vor den anderen setzen.

Und dann ist alles anders. Ich lasse mich auf den Teppich fallen. Nie hätte ich gedacht, dass er meine Handflächen so stechen würde.

Sieh mich. Das war alles, wonach ich mich gesehnt habe: dass du mich sehen würdest. Ich zog ein kurzes blaues Satinkleid an, das ich nur abends zu tragen wage, tagsüber schreckt mich der Gedanke an Cellulite und mein Bäuchlein. Ich bräuchte mich nicht zu schämen, das weiß ich, aber je seltener du mich gesehen hast, desto unsicherer wurde ich. Langsam die Treppe hinunter, ich weiß noch, wie das Holz unter meinen Füßen klebte, vielleicht weil ich nervös war, vielleicht weil ich öfter hätte putzen müssen. Im Fernsehen lief wieder *How It's Made.*

«Schau mal, Flauf.»

Mitten auf der Treppe blieb ich stehen, du hast weiter auf den Fernseher gestarrt. Ich wollte mir nicht ansehen, wie in einer Fabrik Trockenfutter für Hunde hergestellt wird. Tausende Brocken rollten über einen Rost, wobei die schlecht geformten hindurchfielen. *Next stop: a hot air dryer for 25 minutes, it heats the pieces to 149 degrees Celsius to draw out the moisture, then cools them at room temperature.* Schau *mich* an, dachte ich, schau dieses Blau an. Nicht das Trockenfutter, bitte nicht das.

«Jetzt wird Fett draufgespritzt, damit sie glänzen!»

Du hast den Kopf gedreht, hast mich auf der Treppe stehen sehen, ich wusste, dass du mich wahrgenommen, dass du alles registriert hast. Das glänzende Blau, das sich um meine Pobacken schmiegte, ich gab mir sogar noch Mühe, das Becken zur Seite zu kippen.

«Nun komm doch.»

Ich wollte mir die Enttäuschung nicht anmerken lassen, du hattest sie schon viel zu oft gekostet. Ich kroch neben dich aufs Sofa, zog mir eine Decke über, weil es zog, und sah mir mit dir zusammen an, wie die trockenen Röllchen geformt wurden.

Mir ist kotzübel, die Bettdecke ist klamm. Es ist stockdunkel, noch längst nicht Aufstehzeit. Ich drehe mich auf die andere Seite, dorthin, wo du immer geschlafen hast. Und da liegst du plötzlich. Ich weiß, dass ich träume. Du kannst da nicht liegen, bist aber da. Du sagst nichts, du liegst still auf dem Rücken wie ein Toter. Ich strecke die Hand nach deiner Brust aus. Nur ganz kurz, denke ich. Nur ganz kurz diesen Alb befühlen. Dein Brusthaar muss durch meine Finger gleiten, doch es leistet Widerstand, ich verheddere mich, bleibe mit den Fingernägeln hängen. Ich kann deine Augen nicht finden. Zwei schwarze Löcher, in die ich hineingesaugt werde. Ich hätte wissen müssen, dass ich dich nicht berühren durfte. Jedes Kind kennt die Geschichte von Pandora. Jetzt ist es zu spät. In diesem Raum werde ich mich von nun an bewegen.

Gibt es nicht irgendeine Dienststelle, an die ich mich wenden kann? Eine Anlaufstelle für Menschen mit gebrochenen Herzen? Und dann die Mitarbeiterin anschreien, dass sie mir zuhören soll. Sie ist geübt im Umgang mit schwierigen Klienten, denn alle ihre Klienten haben Liebeskummer.

«Bitte beruhigen Sie sich.»

Ich beuge mich weit über die Theke.

«Hören Sie mir jetzt einmal genau zu?»

«Ich bitte Sie ...»

Ich will sie an ihren Locken über die Theke zerren. Ich lasse es und versuche, an etwas anderes zu denken. Wie immer fliegt mein Geist sofort zu dir. Du würdest mich jetzt in den Arm nehmen, du würdest mir übers Haar streichen, bis ich einschlafe.

«Es warten noch andere.»

Hinter mir steht eine Schlange, deren Ende ich nicht sehen kann. Ein Mann mit frisch rasiertem Kinn weint, er schüttelt monoton den Kopf und schluchzt beängstigend.

«Sehen Sie noch einmal nach, ich bettele sonst nie, nur jetzt, Sie haben doch so eine Spritze?»

Wenn ich durch die Stadt radle, überlege ich bei jeder Frau, ob sie es vielleicht ist. Ob du schon auf sie gekrochen bist, ihr ins Ohr geflüstert hast, dass keine andere dich je so geil gemacht hat, und sie zum Pfannkuchenessen eingeladen hast. Die junge Frau mit der Neunzigerjahre-Schneckenfrisur und dem weißen Burberry-Mantel. Vielleicht diese, die so angenehm duftet. Oder diese hier, die schneller radelt als ich. Oder vielleicht alle. Nein, nicht alle, eine Frau, die fünf Jahre jünger ist als du, sie kann viel besser zuhören als ich, und manchmal erzählst du ihr von mir, flüchtig. Du sagst, dass ich kompliziert war. Und dann sagt sie, dass es für dich sehr schwierig gewesen sein muss. Du nickst, während sie sich wieder auf dich setzt. In solchen Momenten wünschte ich, dass ich mein Gehirn auf Pause stellen könnte.

Es ist alles in Ordnung, ich trinke nicht, esse nichts, ich will nicht nach draußen, es geht mir gut. Wenn es nun einmal so sein soll, ist es besser, es zu akzeptieren. Nein, ich brauche keine Liebe, was ich habe, ist genug. Dieses Zimmer, in dem die Pflanzen sterben wie ich. Diese Wohnung mit diesem Fernseher und einem Netflix-Abo, das nicht mehr auf deinen Namen läuft. Alles bezahle ich jetzt selbst. Ich bin eine unabhängige Frau, die ihre Angelegenheiten im Griff hat. Zwei winzige Bissen Cracker mit Spachtelmasse und vielleicht eine Weintraube. Das reicht. Die einzigen lebenden Wesen, die mich besuchen, sind die Fliegen. Schon seit Wochen umschwirren sie mich überall. Sie wissen, was ich noch nicht wahrhaben will: dass ich verfaule. Dass die Liebe in Fäulnis übergegangen ist und diese Fäulnis sich langsam in meinen Knochen ausbreitet. Es wird Zeit für rigorose Maßnahmen, dieser ganze Körper muss ausgelöscht werden. Niemandem wird es auffallen, wenn ich verschwinde. Die Pflanzen würden die Luft reinigen, hat man mir im Gartencenter gesagt. Allmählich werden die Blattränder schwarz, Kummer zieht in die Stängel und Zweige. Sie geben sich die größte Mühe, meinen Schmerz zu vertilgen, sie verschlucken sich an so viel Galle. In einer Ecke breitet sich Schimmel aus. Du musst zurückkommen und HG-Schimmel-Vernichter mitbringen, *hygienisch und gründlich, HG tut, was es verspricht.* In der Nacht summen die Mücken um mich herum wie tagsüber die Fliegen. Ich schlage keine tot. Man soll das Unvermeidliche nicht zurückweisen, sondern willkommen heißen.

Ich habe Instagram gelöscht und sicherheitshalber alle deine Freunde und natürlich dich stummgeschaltet. Liebeskummer in Zeiten des Internets ist besonders schrecklich. Ich will nicht plötzlich von einer fröhlichen Story von dir auf einer Caféterrasse aufgeschreckt werden. Ich wusste gar nicht, dass diese Bekannte sich manchmal mit dir trifft. Zur Strafe tippe ich sofort auf entfolgen. Deine Fotos habe ich alle in eine Schublade gestopft. Ich habe ein neues Smartphone gekauft, damit ich nicht zu alten Aufnahmen von uns beiden scrollen kann. Nichts dürfte mich an dich erinnern, aber alles tut es. Diese Pflanze ist hier, weil ich nicht an dich denken wollte und zum Gartencenter geradelt bin. Ich hatte vergessen, dass wir im Winter einmal zusammen dort waren, uns das weihnachtliche Bergdorf angeschaut und in dieser absurd kleinen Gondel gesessen haben, die so langsam fuhr, dass es schon unheimlich wurde. Die feuernden Nervenzellen in meinem Gehirn stellen immer schneller Verbindungen zu dir her. Sogar in einem Theater in Maastricht musste ich an dich denken. Die Dichterin auf der Bühne rezitierte ihr Lieblingsgedicht, geschrieben 1987, in deinem Geburtsjahr. Ich verstand kein Wort mehr, sie hätte ebenso gut fünfhundert Mal deinen Namen aufsagen können.

Von dem Geruch von Kichererbsen wird mir übel, sogar die Textur erregt meinen Abscheu. Ich zwinge mich, ein Stück Cracker abzubeißen. Noch nie habe ich beim Essen so mit dem Ekel kämpfen müssen. Vielleicht ein paar Stunden oder einen halben Tag, nachdem ich mir den Magen verdorben hatte, sonst niemals. Mühsam schlucke ich das Zerkaute hinunter. Schmirgelpapier und Mörtel in meinem Schlund. Ich lasse den Cracker auf den Teller fallen.

In Paris hast du mich in die nettesten kleinen Restaurants mitgenommen. Ich brauchte sie nicht auszuwählen, das hast du getan. Manchmal konntest du dich erst nach stundenlanger Suche im Internet entscheiden, dann habe ich so lange ruhig in meinem Buch gelesen, bis du mir gesagt hast, wohin wir gehen würden. Ich war ein Blatt, das hinter dir her wirbelte. Einmal hast du zum Beispiel ein Restaurant in einer Gasse hinter dem Centre Pompidou gefunden, das nur die Woche über geöffnet war.

«Es hat sogar Teppiche!», riefst du beim Ansehen der Fotos.

Du hattest eine Vorliebe für alles Altmodische, für steifbeinige Stühle mit schmiedeeisernen Lehnen, Hängepflanzen, rustikale Tischplatten. Du liebtest weiße Leinenservietten, runde Teller mit Goldrand, frisch poliertes Besteck. Fast nie gab es zu den Restaurants, die du ausgesucht hast, einen Eintrag auf Tripadvisor. In Amsterdam ist es schwer, so etwas zu finden, in Paris gibt es noch jede Menge davon. Das einzige Problem war, dass die Restaurants deiner Wahl fast immer voll besetzt mit Stammgästen waren. Du hattest aber eine sichere Methode entwickelt, trotzdem einen Tisch zu ergattern. Nachdem wir einen Tag lang durch die Stadt gestreift waren, kehrten wir gegen sechs erschöpft ins Hotel zurück. Dann löffelten wir uns im Bett eng aneinander, und du streicheltest mein Haar, bis ich einschlief. Wenn deine Hand sanft über mein Ohr glitt, verflüchtigten sich alle Sorgen, und ich dämmerte ein. Noch halb schlafend, spürte ich deinen Schwanz an meinem Po. Dann schob ich mich noch etwas näher an dich heran. Du hast mir das Haar aus dem schlaffeuchten Nacken gestrichen, hast meinen Hals geküsst. Ganz langsam vögelten wir uns wach. Gerade dann, wenn es schon dunkel wurde. Unter unserem Fenster waren klingende Weingläser zu hören, Schwalben, die in niedriger Höhe zwischen den Häusern hindurchsausten, Touristen, die müde zu ihren Airbnbs zurücktrotteten. Auch etwas, das für dich nicht infrage kam. Du wolltest ein Hotel, ein möglichst klassisches. Tapete an den Wänden, Pfefferminzbonbons auf den Kopfkissen. Inzwischen war es neun Uhr, und du schautest mir beim Anziehen zu. Ich ließ mir absichtlich Zeit.

«So schön», sagtest du.

«Was?»

«Alles.»

Und dann sprang ich aufs Bett zurück, du hast die Arme um mich geschlungen und mich an dich gezogen, um mich zu küssen. Manchmal hast du mich dabei so fest gepackt, dass ich am nächsten Tag noch die Abdrücke sehen konnte. Ich habe das geliebt, es erinnerte mich daran, dass du mich brauchst.

Halb betäubt vom Sex gingen wir zu dem Restaurant, das du ausgesucht hattest. Um Viertel vor zehn kamen wir an. Das war dein Trick, die ersten Tische waren schon unbesetzt, aber in der Küche herrschte noch Hochbetrieb. Meistens blickte sich das Personal erst einmal verzweifelt um, war aber bald gerührt von deinem Versuch, alle Fragen in wackligem Französisch zu stellen, und setzte uns an ein Tischchen am Fenster. Ich glaube, man fand uns einfach süß. Das Restaurant hatte immer noch Teppiche, dunkelrot, Leinen auf den Tischen und spitze Stühle. Neunzigerjahre-Chic, den ich bis dahin nur aus der Serie *Frasier* kannte. Du warst ein schwieriger Esser, wie Mütter das wohl nennen. Deine Mutter hat mir einmal erzählt, dass du als Kind alles ausgekotzt hast, was du nicht mochtest, und das war fast alles. Andere sagten ihr, sie dürfe nicht aufgeben, aber wie soll man nicht aufgeben, wenn jedes Mal alles wieder rauskommt? Du hast nur Pfannkuchen, Kartoffeln und Brot gegessen. Daran hat sich auch mit zunehmendem Alter nicht viel geändert. Ich habe dich dazu gebracht, Nudeln zu essen, das hattest du bis dahin noch nicht versucht. Du bestelltest Steak mit Morcheln, ich Bœuf Stroganoff.

«Falls Sie das Schokoladensoufflé möchten, sollten

Sie es vielleicht jetzt schon bestellen, die Zubereitung dauert zwanzig Minuten», flüsterte die Inhaberin dir zu.

Du nicktest und sagtest: «Zwei Mal.»

Das Hauptgericht schien geradewegs aus den Fünfzigerjahren auf unseren Tisch zu kommen. Mein Stroganoff war von Dutzenden eindeutig hausgemachten Kartoffelkroketten umringt. Dein Steak war mit Buttersoße übergossen. Als du das Krokettenarrangement auf meinem Teller betrachtetest, hast du die Hand auf die Brust gelegt. Hättest du mich damals gefragt, ob ich für immer bei dir bleiben will, hätte ich Ja gesagt, und auch jedes Mal danach. Auf dem Rückweg zum Hotel überlegten wir, wieso die Einwohner von Paris eigentlich als steif und unfreundlich galten. Es war uns gar nicht klar, dass wir verliebt waren und dass alles davon gefärbt wurde.

Wir waren vielleicht ein Jahr zusammen, als du mir von deinem neuen Song erzählt hast, zu dem mein Name genau passte. Du wolltest ihn bei einem Konzert im Paradiso zum ersten Mal singen. Weißt du noch, wie ich dich angebettelt habe, wenigstens ein paar Takte hören zu dürfen? Wie ungeduldig ich war? Dass ich es dir fast übel nahm, mir schon davon erzählt zu haben? Aber ich durfte ihn erst hören, als er ganz fertig war. Wir waren in deiner Einzimmerwohnung, du hast auf die Abspieltaste gedrückt und fingst an zu spülen. Irgendwie fand ich es merkwürdig, dass du etwas so Banales machtest. Ich saß auf dem Bett und war sofort hin und weg. Jede Zeile war eine Überraschung. *Ich war gleich in Ekstase, meine Knie wurden weich.* Meine Finger krallten sich in die Bettdecke. *Als ich sie sah im Entertainment-Bereich.* Du hast unbeirrt mit dem Abwaschen von Tellern und Messern weitergemacht. *Nun muss ich bekennen, ich bin kein Don Juan, umso größer mein Glück, endlich sah sie mich an.* Du hast mir gefallen, bevor ich dir gefallen habe, das weiß ich genau. *Tanz bei Vollmond ganz spontan, ein Fest für das Geschlechtsorgan.* Ich musste lachen, weil ich wusste, dass es stimmte. *Ich kenn viele schöne Frauen, ich bin auch nicht aus Stein, aber wenn ich noch mal wählen müsst, würd sie es wieder sein.* Ich glühte schon seit dem ersten Takt, ich glaube, gegen Ende explodierte ich fast vor Glück. *Durch sie bekommt mein Leben Sinn in diesem Jammertal.* Du hattest eine Vorliebe für André Hazes, diesen Schnulzensänger, ich hatte das nie verstanden. Bis ich diesen Song hörte und plötzlich alles einen Sinn ergab. Ich wusste nicht, was ich sagen sollte, es war einfach zu groß, deshalb sprang ich vom Bett und schlang von hinten die Arme um dich. Du hattest noch einen nassen Teller in den Händen.

Eine Freundin von dir sagte zu mir: Jetzt könnt ihr euch nie mehr trennen, das bedeutet dieser Song. Ich schüttelte den Kopf, ach was, das bedeutet es überhaupt nicht. Heimlich hoffte ich, dass sie recht hatte. Als ich dir davon erzählte, hast du das Gesicht verzogen. Ich darf doch wohl ein Lied mit deinem Namen schreiben, warum denn nicht? Muss ich dich Susan nennen, wenn ich einen Song über dich schreibe?

Darf ich wieder zurück? Ist es überstanden? Darf ich wieder atmen? Darf ich wieder mit dir zusammen Süßigkeiten einkaufen? Oder einfach mit dir ins Kino gehen? Oder einen Tag normal essen, statt zu hungern? Darf ich wieder einmal etwas schreiben, ohne dass meine Gedanken sofort zu dir abschweifen? Und wenn all das nicht geht, darf ich dann bitte sterben? Ich weiß nicht, wie lange ich noch durchhalte. Heute habe ich mir mit größter Mühe eine Banane hineingezwungen. Nach der Hälfte musste ich würgen. Ich wünschte, ich hätte eine kleine Luke im Bauch, sodass ich die Nahrung einfach in meinem Magen ablegen könnte.

was, wenn ich dich für immer hinter mir her schleife, als seltsames Gebilde in meinen Gedanken, das nur noch wenig Ähnlichkeit mit dir hat

was, wenn man mich fragt, warum ich dieses Monster überallhin mitnehme, warum hat es nur ein Bein und eine Knolle mit Ausstülpungen als Gesicht

was, wenn ich dieses Anhängsel als meinen Freund bezeichne

was, wenn ich dir einen Ring schenke, dich jeden Morgen schminke, damit du etwas mehr Ähnlichkeit mit dem hast, der du einmal warst, deine Eiterbeulen übermale, jeden Morgen versuche, dich zum Sprechen zu bringen, vielleicht wird aus diesem leisen Brummen irgendwann Hallo, wie geht es dir, hast du gut geschlafen, liebe Flauf

diese schwarzen Löcher, wo Augen sein müssten, kann ich in meiner Fantasie selbst füllen, darin bin ich gut

was, wenn wir zusammen in ein Café gehen

was, wenn ich Trinkjoghurt für dich bestelle

was, wenn eins deiner Geschwüre aufplatzt und langsam Eiter herausquillt

was, wenn ich den Kellner um ein Tuch bitte

was, wenn ich in einer Welt leben will, die ich selbst zusammengesponnen habe was, wenn ich lieber neben einem Fantasiegebilde liege, von dem ich genau weiß, dass es nie aufstehen wird, um mich zu verlassen

Im Bahnhof stand ich weinend auf der Rolltreppe, oben warteten meine Freunde, die mich zum Efteling mitnehmen wollten. Es war mein Geburtstag. Auf dem Bahnsteig stürzte ich in ihre Arme, alle hielten mich fest, sonst hätte ich mich auf den Boden fallen lassen. Sie waren so furchtbar lieb, und das machte alles noch schlimmer. Bald geht's dir besser, sagten sie im Chor.

Im *Python* flüsterten sie mir ins Ohr: Bald ist es weniger schlimm. Wir fuhren zwei Loopings, und sogar dabei dachte ich an dich. Wo warst du? Warum bekam ich kein Geschenk? Hattest du noch nichts gekauft, oder lag jetzt auf deiner Mikrowelle ein Päckchen für mich, das du irgendwann in eine Schublade stecken und schließlich vergessen würdest? Ich weiß, es war dumm, daran zu denken, aber ich konnte nicht anders. Ich habe mich immer so auf deine Geschenke gefreut, sie waren meistens übertrieben und zu teuer. Wie der goldene Diamantring, den du mir zum letzten Geburtstag geschenkt hast.

In der Schlange vor dem *Traumflug* hielten sie meine Hände, sie gaben mir lauwarme Fritten mit Mayonnaise zu essen, und ich nickte so lange, bis mein Kopf sich vom Rumpf löste. Bald geht's dir besser, wiederholten sie und streichelten meinen Rücken. Manchmal verloren sie sich ganz in einem Gespräch, was für mich die

Gelegenheit war, in einem Sumpf aus Kummer zu versinken. Dann wollte ich zu dir, notfalls würde ich von Kaatsheuvel nach Amsterdam rennen. Sie lachten, mussten sich vor lauter Heiterkeit aneinander festhalten und vergaßen für einen Moment, dass jemand bei ihnen war, der sich nur durch Tränen äußern konnte. Sie nahmen mich zur *Villa Volta* mit. Im Salon dieser Villa wird die Decke zum Boden und umgekehrt, nichts ist so, wie es sein müsste, und genau deswegen fühlte ich mich dort wie zu Hause. Gerade jetzt. Alles drehte sich auf die gleiche Weise wie in meinem Kopf. Hinter meiner Netzhaut galoppierten Bockreiter und zertrampelten meine Hoffnung. Als wir hinausgingen, waren alle seekrank, nur ich nicht. Ich wollte in der *Villa Volta* wohnen, die Verdrahtungen in meinem Hirn sind genau die gleichen.

Darf ich jetzt sterben?

nein
sagen meine Freunde
denn sie haben alle schon mal Liebeskummer durchgemacht, und es ist gar nicht so schlimm

nein
sagt die Kassiererin bei Jumbo, das dürfen Sie nicht
denn Sie müssen erst noch bezahlen, es wäre also sehr ungünstig, wenn Sie sich zwischen die Zucchini legen und sterben würden

nein
sagt mein Verlag
denn du stehst noch unter Vertrag

nein
sagt der Arzt
denn Liebeskummer dauert fünf Monate und gehen Sie auch nicht zum Psychiater, denn da weinen Sie ja doch nur, und das bringt nichts, aber wenn Sie unbedingt wollen, müssen Sie es halt tun, ich bin Arzt und kann Sie nicht davon abhalten

«Wie geht es Ihnen?», fragt sie.

Die Frage reicht aus, um eine Schleuse zu öffnen. Das Gesicht, für das ich mir im Wartezimmer so große Mühe gegeben habe, fließt davon. Die Psychiaterin schiebt mir eine Schachtel Taschentücher hin, sie schaut mich freundlich an. Sie muss Vertrauen einflößen, der zynische Teil meiner selbst fragt sich, ob sie das im Studium trainieren.

«Nicht gut. Ich weiß nicht, ob ich hier sein sollte.»

«Warum denken Sie das?»

«Es ist aus. Darf man wegen Liebeskummer zum Psychiater?»

Sie schweigt.

«Ich schreibe Ihnen Schlaftabletten und Oxazepam auf, damit müsste es gehen, oder?»

«Ja, ich glaube schon.»

Mit einem Rezept und noch weniger Vertrauen verlasse ich die Praxis. In der Apotheke überlege ich, ob die Tablettenkombination wohl ausreichen würde.

Dies ist ein Nekrolog auf Sex. Auf unseren Sex oder den Sex aller Menschen. Oder vielleicht nur auf den von Millennials. Das einundzwanzigste Jahrhundert hat den Sex für tot erklärt. Oder ist es zu einfach zu sagen, dass du mich nicht mehr wolltest, weil es das Internet gibt? Wir sind meilenweit von Leonardo DiCaprio als Romeo entfernt. Behaglichkeit gibt es noch, immerhin. Zusammen unter einer Polyesterdecke liegen, *Game of Thrones* sehen und Milch trinken, das kenne ich. Wie man leidenschaftlich ist, habe ich vergessen. Die größten Konkurrenten von Netflix sind Sex und Schlaf. Der Erste ist schon besiegt. Aber ich kann doch noch Selfies posten und anschließend blasen wollen. Du bist oft eingeschlafen, nachdem du sämtliche Fotos gelikt hattest. Sogar in den sozialen Netzwerken warst du höflich. Ich habe dann vielleicht noch versucht, meinen Kopf unter deinem Arm durchzuschieben, und deinen Bauch gestreichelt. Dann hast du mir einen Kuss auf die Stirn gedrückt. Liebe Flauf. Das reichte, um mir klarzumachen, dass keine Funken mehr überspringen würden. Bist du einfach nur mit der Zeit gegangen, war es das? Man muss sich ganz auf sich selbst konzentrieren. Auf die Entfaltung des eigenen Selbst. Sich nicht in der Haut eines anderen verlieren. Das bringt nichts für den Instagram-Feed.

Ich sehe Netflix auf meinem eigenen Account. *Friends* um zwei Uhr nachmittags. *Friends* um vier Uhr nachts. Sieben Folgen pro Tag. Die Titelmelodie klicke ich gleich weg, ich kann sie nicht mehr hören. Alle Folgen sind gleich.

Phoebe hat einen Song über eine widerliche Katze geschrieben

Ross ist wütend, weil jemand sein Brötchen gegessen hat

Joey muss zwischen Sex und Marmelade wählen, kann sich aber nicht entscheiden

Monica macht den Staubsauger sauber

Chandler spielt den Schwulen, ist aber gar nicht schwul, hahahahahahahahahahhahhahahahaha

Rachel ist in Ross verliebt, aber irgendwie doch nicht

Ich mache nur Pausen, um aufs Klo zu gehen, ich warte, bis meine Blase so voll ist, dass ich Bauchschmerzen bekomme. Ich schiebe es so lange wie möglich auf, weil ich mein Badezimmer meide. Seit ein paar Tagen sehe ich mich selbst dort hängen. Vielleicht dürfte ich das gar nicht schreiben, denn dadurch werden Dinge wirklich, dadurch verankert es sich erst richtig in meinen Gedanken. Über der Badewanne, da hänge ich, den Duschschlauch um den Hals. Ganz sachte schwinge ich hin und her. Vielleicht sollte ich die Erscheinung grüßen, mich um sie kümmern und sie irgendwann losmachen. Siehst du dich auch hängen? Und was machst du dann? Lässt du dich hängen, wie ich es tue? Ich renne zu meinem Laptop zurück, ich hoffe, dass Chandler etwas Witziges sagt.

Weißt du, dass man alles, was man täglich tun muss, auch weinend tun kann? Wie zum Beispiel Zähne putzen, das geht sehr gut, während man weint. Auch Wäsche aufhängen kann man weinend, genau wie Wäsche in die Waschmaschine stopfen. Ich kann sogar weinend einen Kommentar für die Zeitung schreiben, niemand merkt es. Kochen kann man weinend, kauen ist etwas schwieriger, aber nicht unmöglich. Glücklicherweise esse ich kaum etwas. Pinkeln kann man weinend und scheißen auch. Einschlafen klappt prima, wenn man weint, ebenso gut aufstehen.

Liebeskummer ist Niemandsland. Es gibt keine Regeln, keine Bräuche, keine Rituale wie beim Tod. Nichts, was meine Trauer in die richtige Bahn lenken könnte, und gerade danach sehne ich mich so. Ich könnte das Kleid aus blauem Satin in den Müllcontainer werfen, ich könnte deine Liebesbriefe verbrennen, nur hast du sie nie geschrieben, und deine Mails auszudrucken, um sie dann anzuzünden, fände ich eigentlich nur umständlich. Ich könnte eine Liste all der Dinge aufstellen, über die wir uns uneinig waren, und sie lesen, wenn ich traurig bin, aber der Kummer macht keine Pause, also würde ich ununterbrochen diese Liste lesen. Vielleicht sollte ich überall dorthin, wo wir zusammen gewesen sind, um Abschied zu nehmen. Ich suche nach einer Methode, die es schon gibt, die sicher funktioniert.

Eine Freundin kocht wieder einmal für mich. Sie rührt in der Tomatensoße für die Nudeln und sagt: «Begrab ihn.»

Sie probiert die Soße.

«Ich meine damit nichts Gewalttätiges.»

Sie will mich also nicht zum Mord an meinem Ex anstacheln.

«Zum Tod gehören Bräuche und Rituale», fährt sie fort. «Ein Bestatter kommt, man wählt zwischen Erd-

und Feuerbestattung, sucht eine Grabstätte oder einen Ort für die Asche aus, es gibt Trauerkarten, Anzeigen, eine Website, auf der Leute kondolieren können.»

«Man bestimmt, welche Musik bei der Trauerfeier gespielt wird und wer spricht», ergänze ich.

«Ja, und je nach Konfession gibt es eine Totenwache, die Beisetzung natürlich, ein Sechswochenamt, ein Jahresgedächtnis. All das bietet Halt. Es ist zwar schrecklich, aber wenigstens weiß man, was man zu bestimmten Zeiten zu tun hat. Wenn der geliebte Mensch noch da ist, gibt es das nicht, und das macht die Trauer so grausam.»

«Ich könnte mich aufs Fahrrad setzen und zu ihm fahren, und trotzdem geht es nicht.»

Ich erzähle einer anderen Freundin, die auch vor Kurzem ihre Liebe verloren hat, von der Begräbnisidee. Sie packt mich am Arm und schaut mich mit einem beinahe irren Blick an. «Das machen wir.»

Sechs Wochen nach der Trennung muss es geschehen. Bei den Katholiken wird dann die erste Trauerphase abgeschlossen. Wir setzen das Datum fest und denken über ein Ritual nach.

«Wir brauchen ein Kreuz», sage ich.

«Natürlich. Und etwas, das wir begraben.»

«Wir haben keinen Leichnam.»

«Wenn wir das nächste Mal weinen, fangen wir unsere Tränen in einer Serviette auf und legen sie ins Eisfach, die begraben wir dann.»

Unseren Kummer begraben, das klingt gut.

Ich radle nach Hause und hoffe wie jeden Abend, dass du da bist. Dass du schon seit Stunden vor dem Haus stehst und Ausschau nach mir hältst, dass du noch einmal den Kragen hochschlägst, weil der Wind kalt ist, und mich dann anschaust. Alles war ein Albtraum, der jetzt vorbei ist. Noch am selben Abend weine ich in ein Blatt Küchenpapier. Es ist rau, aber das passt zu meinem Kummer, das scheuernde Gefühl an den Wangen ist genau richtig. Ich falte das Blatt schnell zusammen und schreibe deinen Namen darauf.

Das Ereignis muss festgehalten werden, ich will Fotos als Beweis, dass es stattgefunden hat. Einer meiner besten Freunde ist Fotograf, er erklärt sich sofort bereit. Ich leihe mir ein Kleid. Ein schwarzes Kleid aus Tüll, aus dem große rote Kegel herausragen. Die roten Stacheln bohren sich in meine Haut, plötzlich ist der Schmerz außen. Ich klebe blutrote Kunstnägel von über zwanzig Zentimetern Länge auf meine Fingernägel. So kann ich mit meinen Händen fast nichts mehr tun. Es ist genau das, was ich will: ein Drama, das dem Kummer in meinem Inneren entspricht. Meine Freundin trägt ein mit Kunstblut bespritztes Brautkleid und hat sich ein großes rotes Kreuz ins Gesicht geschminkt.

Es ist neun Uhr abends. Wir gehen zum Flevopark, in den Händen halten wir mit Alufolie umwickelte Kreuze. Es muss ein seltsamer Anblick sein. Ich glaube, keiner käme auf die Idee, dass wir die Trauer um unsere Ex-Freunde begraben wollen, aber genau das werden wir tun.

Der Park ist wie ausgestorben, nur ein paar Jogger mit reflektierenden Bändern um die Knöchel rennen vorbei. Der Wind säuselt in den Bäumen. In der Nähe des Seeufers bleiben wir stehen. Im Hintergrund die Schnapsbrennerei, die im abnehmenden Licht fast wie eine Kirche aussieht. Ich bilde mir ein, gerade noch so etwas wie eingesunkene Gräber erkennen zu können. Wenn ich die Augen noch mehr zusammenkneife, sehe ich eine schwarze Trauerweide, eine tote Taube und ein Gespenst, das über dem Wasser schwebt. Es ist genau die richtige Stelle, hier muss es geschehen. Das Schäufelchen, eigentlich nur dafür geeignet, in einen Blumenkasten auf dem Balkon Veilchen einzupflanzen, ist viel zu klein für den harten Boden. Ich stemme mich mit den Knien in die Erde, um mehr Kraft anwenden zu können, bis das Loch tief genug für das Kreuz ist. Schließlich nehme ich das Stück Küchenpapier aus meiner Tasche. Noch einmal knie ich mich hin und hebe ein kleines Grab für meinen Kummer aus. Das achtköpfige Monster wirft sich gegen die Hülle meines Körpers, es will hinaus. Es zwingt mich, jeden glücklichen Moment noch einmal zu erleben, und drängt alles, was nicht gut war, aus meinem Blickfeld. Sodass mir nur das Bild eines göttlichen Wesens bleibt, das ich niemals aus meinem Leben hätte verschwinden lassen dürfen. Ich habe so viel Liebe zu geben, aber seit dem Tag, an dem du mich verlassen hast, hat sie keinen Ausweg mehr gefunden. Manchmal schaffe ich es, einen Moment nicht daran zu denken, doch sobald meine Konzentration nachlässt, ist alles wieder da. Ich drücke einen Kuss auf das Küchenpapier. Dann greife ich mit beiden Händen tief in die Erde, die Kunstnägel halten besser als erwartet. Ich will schmutzig werden, ich will die Erde spüren, die dich aufnehmen wird, ich will meine DNA dort hinterlassen. Damit du nicht allein bist. Die Kälte spüre ich schon lange nicht mehr. Meine Hände zittern.

Ich starre das Grab an, die Erde mit dem Küchenpapier darunter, die Blätter darauf.

Du warst müde, du brauchtest etwas Ruhe, weil das Programm am nächsten Tag schon ziemlich früh anfing, und Reinout hatte gesagt, ihr müsstet erst noch einen Kaffee trinken gehen, das hattet ihr schon so lange nicht mehr getan, das musste also sowieso erst noch sein, und dann war es sehr ungünstig, anschließend noch zu mir zu fahren, warum hatte ich eigentlich so weit wegziehen müssen, das war unpraktisch für dich, du hasst das Fahrradfahren und musst deshalb immer den Bus nehmen, und da sind immer Leute, die irgendetwas essen, es mit ihren Zähnen zermahlen, und dann riecht man die Ausdünstungen, und es war überhaupt besser, nicht zu kommen, denn du bist noch viel zu müde, und du musst auf deinen Körper hören, denn sonst gibt es irgendwann einen Kurzschluss, und morgen ist ein wichtiger Tag, denn dann kommt der Klavierstimmer, und der ist immer schlecht gelaunt, wenn du schlecht gelaunt bist, und das kommt davon, wenn man sich keine Ruhe gönnt, und du musst auch noch fünf Stunden spazieren gehen, dazu bist du heute noch gar nicht gekommen, und wenn du nicht genug gehst, bringst du nichts auf die Reihe, und außerdem hast du zu wenig zu tun und willst mir nicht zur Last fallen, du musst einfach mal den ganzen Tag auf dem Sofa sitzen, dann ist alles wieder gut, schauen wir mal, wie es morgen ist, und wir sollten uns etwas weniger oft sehen, nur wenn wir wirklich etwas Schönes vorhaben, das ist viel besser für uns beide, vielleicht zweimal pro Woche, und dann was Schönes unternehmen, sagtest du, ohne mit der Wimper zu zucken.

ich will ein Codewort
ein schlichtes Wort, das alles implodieren lassen kann
wenn ich dieses Wort aufschreibe, ist Schluss
dann hört es auf
ein Safeword wie bei BDSM
denn ich bin auf gefährlichem Terrain
das weiß ich sehr gut
ich nähere mich den Grenzen meines Verstandes
ich kann den tobenden Irrsinn fast berühren
wenn mich der Mut ganz verlässt, habe ich noch das Wort
natürlich besteht die Gefahr, es zu vergessen
besonders, wenn ich die Grenze überschreite
dorthin, wo Sprache keinen Sinn mehr hat
dorthin, wo Codewörter ungehört verhallen
dorthin, wo ich dich aus den Augen verlieren werde
vielleicht höre ich in der Ferne noch deine Stimme
vielleicht nicht deine, sondern die eines anderen
eines anderen, dem ich noch etwas bedeute
und der versucht, mich zurückzurufen
hier fühlt sich alles so sumpfig an, so anders
hier kann ich mich verschlingen lassen
hier kann ich versinken und brauche nichts mehr
und meine Freunde werden fragen, warum ich nicht mehr spreche

warum ich nur liegen will
sie begreifen nicht, dass ich woanders bin
wo das Feuer weit genug weg ist
dass ich so meine Dämonen auf Abstand halte
ich lebe außerhalb der Realität
weil die wirkliche Welt nicht zu ertragen ist
mit zu vielen scharfen Kanten
und ich sinke schon sehr lange und kann nicht mehr
kämpfen
lasst mich ertrinken

Um vier Uhr nachts steht er vor meiner Tür. Zwanzig Jahre alt, YouTuber oder Ex-YouTuber mit dreihunderttausend Followern. Er hat mich angerufen und gefragt, ob er zu mir kommen darf, weil er ein Herumtreiber ist und sonst nirgendwohin kann. Ich sagte, ich müsse darüber nachdenken, er saß schon in einem Uber-Taxi, ich konnte seinen Weg durch die Stadt verfolgen. Wie eine Besessene sprang ich aus dem Bett, nahm eine Dusche und rasierte mir die Beine. Ich schnitt mir in die Knöchel, das Blut rann in die Fugen zwischen den Fliesen.

Im Bademantel öffne ich die Tür. Es käme mir albern vor, mich noch anzuziehen. Er lächelt und kommt auf mich zu. Ohne zu zögern, küsst er mich. Ich möchte in seinen Armen verschwinden, er hält mich gierig fest, seine Finger kneten meine Pobacken. Er drückt mich an die Wand, und ich will nichts anderes mehr, als in meiner Wohnung an die Wand gedrückt zu werden. Ich kann mich nicht erinnern, wann mich jemand zuletzt so sehr gewollt hat. Ich bin Limonade in einem kleinen Trinkpäckchen, die durch einen winzigen Strohhalm herauskommen muss. Er will mehr, als er bekommen kann, und wenn er mich ganz getrunken hat, wird es immer noch nicht genug sein. Wir bewegen uns durchs Zimmer zur Küchenzeile, wo er mich auf die Arbeitsplatte hebt, er küsst mich überall, er hat die dicksten Lippen, die ich je geküsst habe. Ich wusste nicht, dass zwanzigjährige Jungs so viel Selbstvertrauen haben können. Es verbiegt mich.

«Du gehörst mir», sagt er und wirft mich auf den Tisch, an dem ich oft arbeite, Bücher von Freunden lese, Post sortiere und Butterbrote schmiere. Ich bin inzwischen nackt und er nicht, was alles noch besser macht. Hinter mir steht eine halb volle Flasche Wein. Ich greife danach und gieße den Wein langsam über meinem Körper aus. Er schlürft ihn von meiner Haut. Ich will, dass es nie mehr aufhört.

Erst im Bett merke ich, dass es hell wird. Wir sitzen aufrecht, ich lehne mich an ihn, er hält mich. Ich muss Wasser trinken, und ohne Zögern folgt er mir. Im Badezimmer betrachte ich ihn und mich im Spiegel, ich habe noch nie so etwas Schönes gesehen. An den Stellen meiner Wohnung, an denen ich in dieser Nacht Sex hatte, haben du und ich uns nicht einmal geküsst.

Zwei Wochen geht es so, bis er das Interesse an mir verliert. So ist das bei zwanzigjährigen Jungs. Und im Grunde auch bei einunddreißigjährigen Jungs. Du hast das Interesse an mir verloren, bist aber trotzdem geblieben. Ich musste für dich Schluss machen, gegen meinen Willen. Kaum sucht sich die Erregung des Zwanzigjährigen ein anderes Ziel, gerate ich erst recht in Panik. Du bist nicht mehr der Letzte, der mich festgehalten hat. Deine Lippen haben nicht als Letzte meine Lippen berührt. Es war kein Abschied von dir, ich will, dass du das weißt. Es darf uns nicht auseinandertreiben. Ich werde es nicht mehr tun. Ich werde es nie wieder tun. Hörst du? Ich werde die Finger von allen Jungs lassen, und wir brauchen auch keinen Sex mehr zu haben, wenn du das nicht willst. Dann lachen wir einfach zusammen. Das ist dann das, was wir miteinander haben. Es ist genug, ich verspreche dir, dass es genug sein wird.

Ich habe solche Angst vor dem Vergessen. Ich weiß jetzt schon nicht mehr, wo du dieses Muttermal hast, dieses ungewöhnlich dunkle. Vielleicht könntest du mich anrufen und mir nur kurz sagen, wo es ist. Es hatte die Form eines Kriegsschiffs, das irgendwo gut getarnt zwischen zwei Hautfalten lag, und es machte mir immer so großen Spaß, darauf zu pusten, als könnte ich dadurch höhere Wellen machen, auf denen das Schiff rollt und stampft. Aber ich weiß eben nicht mehr, wo das Ding ist, und das macht mich richtig unsicher. Du kannst auch vorbeikommen, wenn es dir passt, und nimm dann gleich deine Koffer mit, und dieses Hemd, das hing so gut in meinem Kleiderschrank, und die warmen Pantoffeln, die ich immer angezogen habe, obwohl es deine waren, die kannst du dann auch mitnehmen, seit ein paar Tagen läuft auf Netflix *Der Herr der Ringe*, ich weiß, du magst Fantasy eigentlich nicht, aber diese Filme sind so gut, dass man sie wenigstens einmal gesehen haben muss. Und die Augen von Frodo sind so schön, vor allem, als er aus Versehen den Ring trägt, da treten diese kleinen Äderchen hervor. Ich weiß nicht, wie sie das gemacht haben, aber sie kriegen ja auch Orks hin, es wird also nicht schwer sein. Nächste Woche kommen meine Tanten, vielleicht möchtest du dann hier sein? Dann kannst du ihnen das Kriegsschiff zeigen, und dann weiß ich auch wieder, wo es liegt.

Vielleicht würde es helfen, dich wiederzusehen. Alle sagen mir, dass es vorbeigeht, dass es verfliegt. Aber davon merke ich nichts. Jeden Morgen prügelt die Realität mich wach. Jeden Abend fühle ich mich so furchtbar schwer. Trauer kostet so viel Energie. Ich habe nicht nur dich verloren, sondern auch mich selbst. Ich weiß nicht mehr, wer ich bin oder warum ich bin. Ich frage mich, wie lange ich all das noch aushalte. Vielleicht eine Woche, nicht viel länger. Wenn die Woche vorbei ist, rede ich mir ein, dass es schon noch ein paar Tage gehen wird. Aber wie lange werde ich mich selbst belügen können? Das Verlangen, dich zu sehen, ist so stark, dass ich es nicht mehr unterdrücken kann.

Wir haben uns so lange nicht gesehen. Vielleicht sollten wir uns doch mal verabreden.

Ich lese die Mail nicht mehr durch und klicke auf «Senden». Mir wird sehr warm, ich muss den Pullover ausziehen und auch die Socken. Ich setze mich auf den Rand der Badewanne und rutsche an den Kacheln entlang auf den Boden. Ich bleibe in Gmail und rufe immer wieder die Nachrichten ab. Zwischendurch kurz auf Instagram, um mich abzulenken, vielleicht können die Storys von anderen meine eigenen Gedanken verdrängen. Natürlich, eine Party im Sexyland, die hatte ich vergessen. Da hätte ich hingehen können, dann hätte ich dir jetzt keine verzweifelte Mail geschickt. Ob dir klar ist, dass ich mich eigentlich bei dir melde, weil ich wissen will, ob du mich auch wiederhaben willst? Weil ich mich immer noch an dich kuscheln, meinen Kopf an deinen Hals schmiegen und neben dir einschlafen will? Weißt du das? Plötzlich, viel schneller, als ich zu hoffen gewagt hätte, bekomme ich eine Antwort. Du schreibst, dass du dich über meine Mail freust, dass du mich sehr gern treffen möchtest, dass wir wenigstens versuchen sollten, weiterhin wichtig füreinander zu sein. Das schreibt jemand, der auf ein freundschaftliches Verhältnis aus ist, denke ich, und dann unterdrücke ich den Gedanken, indem ich zum Kleiderschrank gehe und ihn öffne. Ich werde unfassbar gut aussehen.

Eine schwarze Hose, ein schwarzer, glatter Rollkragenpulli, schwarze Loafers, eine Jacke in Schlangendruck und zehn Kilo leichter. Mit mehr kann ich nicht dienen. Auf dem Max Euweplein schaue ich ein letztes Mal auf mein Smartphone, um zu sehen, ob mein Gesicht irgendwie komisch aussieht. Während ich mich betrachte, wird mir klar, dass es nicht ohne Tränen gehen wird. Sie sammeln sich unter meinen Augen, mein Bauch krampft sich zusammen, und schon werden die Augen feucht. Ich atme so tief ein, wie ich nur kann, und dränge die Tränen zurück. Ich kann das, ich muss es können, für dich. Ich brauche nichts zu tun, als zu atmen, dann wird alles gut. Mit äußerster Konzentration gehe ich zum vereinbarten Treffpunkt. Ich bin mir fast sicher, dass du pünktlich sein wirst, du bist immer pünktlich. Wenn du jetzt zu spät kommen würdest, müsste ich das als wichtiges Zeichen verstehen, als Beleidigung, die nicht ungeschehen gemacht werden kann. Ich sehe dich schon am Eingang des Vondelparks stehen, du siehst mich noch nicht. Du trägst deinen langen schwarzen Mantel, mit dem du so sorgsam umgehst. Du hast dir die Haare gewaschen, sie sitzen genau so, wie ich es mag. Das ist ein Zeichen. Jetzt siehst du mich. Und fängst sofort an zu weinen. Ein Zucken, du krümmst dich beinahe, dein Gesicht verzieht sich.

Ich kann mich nicht mehr beherrschen und weine mit. Die Ampel springt auf Rot, Autos rasen zwischen uns hindurch, während wir beide mit zuckenden Schultern weinen. Ich wünschte, ich könnte zu dir rennen, mich in deine Arme werfen, dich küssen, und du würdest mir ins Ohr flüstern, dass es nun ausgestanden ist, dass es genug war. Es wird grün, ich gehe auf dich zu und warte gespannt ab, was du tun wirst. Du beugst dich zu mir hinunter und umarmst mich. Wie Freunde einander umarmen, wenn sie Kummer haben. Ich spüre es sofort, in deiner Umarmung ist kein Verlangen. Während ich dich umklammern will, um dich nie mehr loszulassen, willst du, dass es uns besser geht, dass wir unsere Tränen trocknen, um weiterzukönnen. Du lässt mich los, du entschuldigst dich für deine Tränen. Ich will mich bei dir einhaken, wie ich es gewohnt war, ich strecke die Hand schon nach deinem Arm aus, bis mir gerade noch rechtzeitig einfällt, dass wir das ja nicht mehr tun. Dass alles anders ist. Ganz gleich, wie oft ich mir sage, dass es aus ist, meine Finger wollen sich immer noch um die Nähte deines Ärmels legen.

«Wie geht's dir?», fragst du.

«Schlecht.»

Du lachst. «Mir auch.»

Ich weiß nicht, ob ich dir glaube. Du bist so furchtbar höflich, manchmal so sehr, dass du anderen einfach nachplapperst, damit sie sich gut fühlen.

Der Park ist wirklicher als normalerweise, die Bäume sind schärfer umrissen, das Braun des Morasts ist dunkler. Die Luft, die ich einatme, fühlt sich kalt an.

«Ich will nicht allein sein», sagst du.

Meine Lippen lösen sich voneinander, ich drehe mich zu dir.

«Ich muss jeden Abend mit Freunden zusammen sein, das Alleinsein ist einfach noch zu schwierig.»

Ich schaue wieder geradeaus. Du sprichst von dem Schmerz, den du empfindest, und davon, wie schwierig es ist, sich an ein anderes Leben zu gewöhnen. Ich höre zu, und jedes Wort verrät mir, dass du dich nicht gegen deinen Kummer wehrst. Du bist traurig, weil wir als Paar gescheitert sind, während ich das nicht einmal zugeben will.

Nachdem wir beide zweimal Tee getrunken und unsere Kekse hinuntergewürgt haben, sagst du, wir sollten uns vielleicht auf den Heimweg machen.

«Gut», sage ich.

«Vielleicht können wir bald wieder mal eine Tasse Kaffee trinken. Schauen wir, ob es so geht.»

Ich nicke und möchte sterben. Du umarmst mich und gehst weg.

Du weißt, dass ich keinen Kaffee mag, ich habe in den fünf Jahren keinen getrunken und davor auch nicht. Du machst aus mir eine Person, mit der du dich hin und wieder triffst und einen Kaffee trinkst. Diese Person will ich nicht werden, ich weigere mich. Ich will diejenige sein, über die du immer reden möchtest. An die du ständig denken musst, auch wenn es dich von Wichtigem ablenkt. Deren Flüge du im Flug-Tracker verfolgst, bis die Maschine gelandet ist. Wobei du in Panik gerätst, wenn sie für ein paar Sekunden vom Radar verschwindet, wie damals. Ich weigere mich, deine Ex zu werden, mit der du gemütlich Kaffee trinken kannst. Über die du zu deinen Freunden sagst, wie komisch das doch ist, dass ihr noch so gut miteinander auskommt. Ich bin das nicht. Das musst du wissen. Du täuschst dich. Siehst du das nicht? Für so etwas braucht es zwei Personen, und ich mache da nicht mit. Ich bin die Person, die du so sehr liebst, versuche dich daran zu erinnern.

Der Strand von Callantsoog war leer. Das schöne Wetter war nicht vorhergesagt worden, so etwas nennt man Glück. Ich bückte mich, um aus Sand einen Pimmel zu formen. Du griffst nach meinen Beinen, ich stolperte, konnte mich aber gerade noch befreien und losrennen. Wir spielten Fangen im Sand, so gut es ging. Ein älteres Paar hatte eine Decke ausgebreitet und darauf Proviant verteilt. Ohne hinzusehen, spürte ich, dass die beiden uns beobachteten. Sie sprachen kein Wort, ich glaube, die Frau griff nach der Hand des Mannes. Als ich dann doch zu ihnen hinschaute, lächelte sie mir zu. Das war der Moment, in dem ich nicht aufpasste und du gierig den Arm um meine Taille schlangst. Ich fiel in den Sand, ich hatte verloren und genoss es. Ich weiß, was der Blick der Frau bedeutete, sie erinnerte sich daran, wie es gewesen war, so verliebt zu sein, vor langer Zeit. Dass es in ihrem Leben schon verflogen war, machte ihr nichts aus.

Ich weiß, ich sollte es nicht tun, es hat keinen Sinn, daran zu denken. Im Grunde ist es genau wie mit Oxazepam. Wenn ich Glück habe, fühle ich mich ein paar Stunden gut. Dann kann ich so tun, als wäre alles in Ordnung, aber wenn die Wirkung der Tablette nachlässt und die Magie der Erinnerung schwindet, kehre ich zitternd in einen leeren Raum zurück. Mein Mund füllt sich mit Bauschaum, nur durch die Poren kann ich noch Luft einsaugen. Niemand sieht mich. Vor allem du nicht.

Deine Freunde verfolgen meine Storys. Sie haben gesehen, dass ich wieder rauche. Sie wissen, dass ich im Aufzug ein Selfie gemacht habe. Sie wissen, dass ich mir eine hellblaue Kunstpelzjacke gekauft habe, so etwas ist doch eindeutig ein Schrei um Hilfe. Sie antworten nicht. Sie wissen, dass mir jemand für ein paar Tage ein Hündchen geliehen hat, um mich aufzuheitern. Sie wissen, dass ich mich für Lesungen aufs Podium quäle. Ich weiß nicht, ob ich es bereue, dich blockiert zu haben. Du sollst auch nicht den kleinsten Ausschnitt meiner Wirklichkeit zu sehen bekommen, und wäre er noch so verzerrt und irreführend. Ich hatte einmal geglaubt, ich könnte wie Ariana Grande sein. Thank you, next. Es entspricht nicht meinem Charakter, so leicht loszulassen. Hast du das nicht gewusst, als du etwas mit mir angefangen hast? Ich vermisse unsere Nächte, sogar die Nächte der letzten Jahre, die so still und sexlos waren. Dass wir so gut zusammen schlafen konnten, war vielleicht ein Vorzeichen.

Wie haben Trennungen in der Zeit vor dem Internet funktioniert? Ich wappne mich mit stummschalten, blockieren, entfolgen. Nur deine Telefonnummer wage ich nicht zu blockieren, für den Fall, dass du es nicht schaffst, zu mir zu kommen, sondern lieber übers Telefon bettelst. Weißt du denn ganz genau, dass du dich nicht neben mich legen willst? Ich werde auch nichts tun, nicht deine Schultern streicheln, nicht deinen Hals küssen. Ich werde neben dir liegen, ohne irgendetwas zu erwarten.

Dieses Herz ist kaputt, deshalb bringe ich es zurück. Vielleicht können Sie mal einen Blick darauf werfen? Im Grunde sehe ich ja selbst, was los ist, hier ist ein Loch, und ich glaube, hier wächst etwas, das nicht von Anfang an da war, eine Art Ausstülpung mit diesen langen Fäden, die im Brustkorb gar nichts zu suchen haben, viel zu dramatisch, viel zu gekünstelt, und wieso haben die eigentlich so schreiende Farben? Wenn Sie meinen, es wäre besser, das Ding komplett zu ersetzen, bin ich einverstanden, ich weiß auch nicht, wie man das noch retten soll, also vielleicht besser ein ganz neues, aber lieber nicht von einer Kuh, die sind so geerdet, ich möchte das Herz eines Vogels, mir ist klar, dass der groß sein muss, das ist kein Problem, ich liebe große Vögel, der Kondor ist kein schöner Vogel, aber das macht nichts, weil er ein großartiger Flieger ist, das wäre also okay, geben Sie mir ein Herz, das fliegen kann, das ist besser für mich, dies hier kann ich nicht mehr gebrauchen, es funktioniert nicht, zu viele Geschwüre und Löcher, und die Herzklappen sind jedes Mal so nervös, wenn ich durch eine Drehtür muss, warum ist das so? Das ganze Ding ist ständig bis zum Zerreißen gespannt, schon seit fast zwei Monaten, das hält es auf die Dauer nicht aus, geben Sie mir deshalb dieses Vogelherz, von dem Kondor, das hat lange in der

Luft geschwebt, es kennt keine einunddreißigjährigen Jungs, die immer noch am liebsten Pfannkuchen mit Puderzucker essen. Und noch eine letzte Frage: Darf ich noch glauben, dass Liebe allumfassend sein kann?

Jede Nacht beim Nachhausekommen hoffe ich. Zuerst spähe ich nach den Schwingtüren, da steht niemand. Es ist sehr kalt, vielleicht wartest du drinnen. Im Leuchtstofflampenlicht brennen meine Augen. Vielleicht bist du einer meiner Nachbarinnen ins Haus gefolgt. Im Aufzug lehne ich mich an den Spiegel, ich erspare mir meinen Anblick. Sobald ich den Aufzug verlasse, müsste ich dich sehen, wenn du vor meiner Tür stehst. Nichts. Es könnte aber sein, dass du hinter der niedrigen Wand an der Treppe liegst, dass du dich versteckt hast oder zusammengebrochen bist, weil du das alles nicht mehr aushältst. Du konntest dich gerade noch bis zu meiner Etage hinaufschleppen und bist dann umgefallen. Nimm mich zurück. Ich liebe dich. Mein Herz tut weh. Erschöpft, weil du so lange warten musstest, zitternd, weil es sogar hier im Hausflur eiskalt ist. Mit angezogenen Knien, den Mantel um die Beine geschlagen. Die blaue Tür ist blau und sichtbar, du hockst nicht davor. Trotzdem hoffe ich, dass du auf meinem Sofa sitzt, du hast noch die Schlüssel. Dass du mich gespannt anschaust und dann bettelst. Auch hier ist es still. Auch hier ist niemand. Nur eine Frau, die ihr Gleichgewicht nicht wiederfindet.

Man kann Kummer begraben, man kann die Stelle aufsuchen, kann darauf hinunterblicken, kann aus etwas Totem Blumen wachsen sehen, und das war's. Es hilft kaum. Es macht mich eher noch trauriger, vielleicht hätte ich es nicht tun sollen. Wäre es besser gewesen, das Begraben als Idee, als allerletztes Rettungsmittel im Kopf zu behalten? Mit mir selbst zu vereinbaren: Wenn es wirklich nicht mehr geht, wenn die Messer mit mir zu sprechen anfangen, dann darf ich dieses Küchenpapier begraben? Ich will nicht mehr. Es ist zu groß, es ist allumfassend. Nichts kann mich noch ablenken. Ich merke nicht einmal mehr, wie die Zeit vergeht. Die Fugen im Badezimmerboden sind an meinen nackten Pobacken besonders kalt. Ich bin voller Liebe, die keinen Ausweg findet und die nach all den Monaten nur noch lauter prasselt. Kurzschluss, sagen manche, und so fühlt es sich auch an. Als würde ich explodieren, weil ich die Liebe, die ich geben will, nirgends unterbringen kann. Nach innen explodieren, für alle unsichtbar. Wie Pfirsiche nach einem knallheißen Sommer sich aufblähen und bei der kleinsten Berührung leise implodieren. Dieser ganze Körper ist verrottet. Ich habe versucht, gut zu ihm zu sein, wie mir alle geraten haben. Sei gut zu dir, hab Geduld, iss Schokolade. Sie kapieren nicht, dass ich keine Schokolade runterkriege, dass ich nicht mehr weiß, wie man gut zu sich ist. Ja, es brechen neue Tage an, aber jeder neue Tag ist wieder etwas schwerer als der Tag davor. Ich habe es schon gesehen, ich weiß schon, was ich tun muss. Der Duschschlauch wird Striemen an meinem Hals hinterlassen. Vielleicht sollte ich die kleine Scheibe über der Badezimmertür einschlagen, der obere Türrahmen müsste mein Gewicht tragen. Ich schraube den Schlauch von der Mischbatterie und vom Duschkopf ab. Erst testen. Ich lege den Schlauch einmal um meinen Hals und ziehe an den Enden, bis ich keine Luft mehr bekomme. Das fühlt sich gut an. Ich lasse den Schlauch los. Luft strömt in meine Lunge. Mein Hals und mein Gesicht sind feuerrot. Das Metall hat ein Muster aus diagonalen Streifen rings um den Hals hinterlassen. Ich gleite mit der Fingerkuppe über das Profil. Dann lasse ich mich wieder auf den Fußboden sinken. Nein, ich kann kein Handtuch um meine Faust wickeln und die Scheibe einschlagen, ich kann den Schlauch nicht um den oberen Türrahmen winden und eine Schlinge machen, ich kann es nicht.

Ich muss mir etwas anderes ausdenken, etwas, das mir Angst macht. Ich gehe zu meinem Laptop. LIEBESKUMMER BEENDEN, tippe ich. Es muss Schluss sein. Ich sehe Geschichten von irgendwelchen Leuten, ich will keine Geschichten, ich will Lösungen, kein Mitgefühl. TRANSFORMATION, tippe ich. Laut Google gibt es Transformation in der Mathematik und in der Genetik. Ich wähle das Zweite und treffe damit meine erste Entscheidung. Ich bin diesen Körper leid, der schon von zu vielen Menschen geküsst wurde, der vielleicht verdorben ist, ich bin leichtsinnig damit umgegangen, zu unverbindlich, er muss weg, muss anders und besser werden. Genetische Transformation. Eine Saftkur erscheint auf dem Bildschirm. *Transformiere dich in eine neue Version deiner selbst.* Ein Einmachglas mit orangefarbenem Saft, so knallig, dass er fast chemisch aussieht. Daneben liegen ein Bund Möhren, rosige Äpfel und ein paar Heidelbeeren, die zu fliehen versuchen. Ich klicke sofort, 148 Euro für drei Tage. Das ist zu wenig. Ich will mehr ausgeben. Ich will alles auslöschen, dann auch all mein Geld.

Auf einer anderen Website kann ich mein Idealgesicht formen, ich ziehe die Augenwinkel nach unten, mache die Ohren größer und die Wangen dicker, es hilft nicht. Ich sehe immer noch aus wie eine Frau, die verschwinden will. Ich dachte, es würde helfen, wenn ich etwas mehr so aussehe, wie ich mich fühle. Nichts hilft, und wenn nichts hilft, schlage ich auf meinen Computer ein. Ich höre die Tasten unter meinen Fingern beben, ich balle die Fäuste und hämmere drauflos, der Laptop wankt und brummt bei jedem Schlag etwas lauter, ich kneife die Augen zu und schlage noch fester, ich hätte Lust, den Bildschirm abzureißen. Ein Geräusch, so schrill, dass ich mir die Ohren zuhalte. Vorsichtig öffne ich die Augen. Ein Hündchen starrt mich an. Seine Augen sind groß und feucht, es leckt seine Pfote und starrt mich wieder an.

«Keine Angst», sagt das Hündchen.

Ich habe keine Angst.

«Klick hier», sagt das Hündchen.

Ich bewege den Cursor zu einem Briefumschlag rechts neben seiner Pfote und klicke. Das Hündchen bellt aufgeregt und verschwindet dann.

Wir bieten einen Ausweg

Für alle Menschen, die nicht mehr weiter wissen

Für alle Menschen mit einem weinenden Herzen

Für alle gebrochenen Menschen

Fühlen Sie sich verlassen?

Ist Ihr Herz anderswo?

An einem Ort, der unerreichbar geworden ist?

Ist Ihr Körper nur noch eine Hülle, die Sie an bessere Zeiten erinnert?

Sind Sie wie Tausende andere auf der Suche?

Dann warten Sie nicht länger, sondern beginnen Sie noch heute mit der Transformation.

Die Stimme verstummt. Ich mag es eigentlich nicht, wenn Websites mich ansprechen, aber diesmal habe ich es zugelassen. Ich gebe meine Adresse für die erste Lieferung ein, die ist gratis. Heute bestellt, morgen geliefert. Ich will alles ändern, am liebsten mit möglichst vielen Risiken.

Menschen meiner Generation öffnen nicht, wenn es unerwartet klingelt. Ich gehe die Möglichkeiten durch. Von all meinen Freunden bin ich mir zu einer Million Prozent sicher, dass sie niemals unangekündigt kommen würden, das würden wir uns nie verzeihen. Mit Reizen in lebendiger Form schlüpft leicht auch eine Panik zur Tür herein. Außer. Es gibt ein Außer. Außer du bist es. Es hat nun so lange gedauert, dass du mit großen Gesten kommen musst. Unangekündigt zu klingeln, könnte eine große Geste sein. Es könnte aber auch eine Tante sein. Eine, die nicht wirklich besorgt ist, aber es schön findet, wenn es mir nicht gut geht, weil sie dann endlich ein Kind unter ihre Fittiche nehmen kann. Das wäre das Letzte, worauf ich jetzt Lust hätte. *Das war doch ein harter Schlag für dich, wie man es auch dreht und wendet.* Ich schleiche zur Tür, denn ich habe eine Video-Gegensprechanlage, dafür bin ich chic genug. Ich kann mir die Klingler ansehen, ohne dass sie es merken. Geräuschlos nehme ich den Hörer ab, der Bildschirm wird hell. Ich sehe eine junge Frau in einem braungrauen Anzug mit Mütze.

«Hallo?»

Ich halte den Atem an. Kann sie mich doch sehen? Ich könnte schwören, dass das unmöglich ist. Nur ich kann sehen, was sie macht, nicht umgekehrt.

«Ich habe ein Päckchen für Sie.»

Ich lasse die Schultern ein wenig sinken. Ein Päckchen ist kein Besuch. Ein Päckchen könnte eine Geste sein. Ich drücke auf den blauen Knopf.

Ich öffne die Tür. Die junge Frau hat ein freundliches Gesicht, ihre Augen haben die gleiche Farbe wie ihr Anzug, und sie hat Grübchen neben den Mundwinkeln. Eigentlich ist sie noch eine Idee zu jung, um sie als Frau zu bezeichnen, ich schätze sie auf höchstens neunzehn. Allerdings liege ich bei solchen Schätzungen oft weit daneben.

«Ist es okay, wenn ich noch kurz reinkomme, um ein paar Sachen zu erklären?»

Sie springt an mir vorbei.

«Ich bin Nico.» Sie streckt mir die Hand entgegen.

Ich überlasse ihr meine Hand mit einem gewissen Unbehagen.

«Meine Eltern halten nichts von Konventionen.»

Ihre Tasche baumelt schwer an ihrer Schulter, bei jedem Schritt schlägt das schwarze Nylonding gegen ihr Gesäß. Sie nimmt ein Ringbuch und ein Tablet heraus und hält beides in die Höhe.

«Wir fahren gern zweigleisig», sagt sie lachend, ihre Grübchen verwandeln sich in lange Fältchen. Erst jetzt, da die Tür wieder geschlossen ist, fällt mir ihr Geruch auf, sie riecht nach Tieren, ihre Hose ist von Haaren übersät.

«Möchten Sie sich setzen?», frage ich mechanisch. Kaffee habe ich längst nicht mehr, ich könnte ihr Wasser oder Whisky anbieten.

«Ich stehe lieber», sagt sie, während sie eine Pobacke auf meinen Tisch schiebt.

«Wir fangen immer mit ein paar gelungenen Transformationen an.»

Sie zeigt mir auf ihrem Tablet ein Foto von einem Golden Retriever in den Armen einer Frau. Die Frau lächelt beinahe ekstatisch. Nico wischt nach rechts. Ein neues Foto von einem neuen Duo. Diesmal ein Mann mit Schnurrbart und einem Jack Russell Terrier. Auch sie sehen sehr glücklich aus.

«Dann fangen wir mal ganz von vorne an.»

Sie zieht ein paar Papiere und eine Broschüre aus den Klarsichthüllen im Ringbuch.

«Ich bin ziemlich chaotisch, sagen Sie das nicht meiner Chefin. Ich muss Ihren Blutdruck messen. Wie alt sind Sie noch?»

Ich frage mich allmählich, ob sie an der falschen Adresse ist.

«Ah, ich seh schon. Vierunddreißig, dann brauchen wir im Prinzip kein Blut abzunehmen. Besser wär's aber schon, dann können wir vorsichtige Prognosen über Ihre Transformation abgeben. Aber nageln Sie mich da nicht drauf fest.»

Wenn Sie sich nicht hinsetzt, tue ich es, ihre Worte machen mich schwindelig.

«Okay, sollen wir dann mal Blutdruck messen? Ich mag das eigentlich nicht, ich mag es überhaupt nicht, andere Menschen anzufassen. Die Haut kann da so weich sein, mag ich nicht. Sie sind noch nicht so alt, oder ziemlich jung, Entschuldigung, wird also nicht so schlimm sein. Wenn's Ihnen lieber wär, dass ich erst noch was erkläre, ist das aber auch in Ordnung. Eigentlich muss ich das sogar als Erstes tun. Ich rede wieder viel zu viel, meine Chefin meint, ich rede zu viel. *Enniweh*, dann erkläre ich erst mal ein paar Sachen.»

Nico wischt sich einige Löckchen aus dem Gesicht und holt eine Schachtel aus der Tasche.

«Wissen Sie schon, wann Sie anfangen möchten?»

Sie muss an meinem Blick sehen, dass ich keine Ahnung habe.

«Macht nichts, Sie können anfangen, wenn Sie selbst es wollen. Ich muss Ihnen nur sagen, dass Sie einen Tag vorher nichts essen dürfen. Finde ich superärgerlich, aber na ja, ich will mich ja nicht transformieren. Sie nehmen dann also am nächsten Tag auf leeren Magen die erste Tablette, dazu trinken Sie ein Glas Wasser mit dem Pulver aus diesem Beutel. Haben Sie so einen Sprudler? Das Zeug schmeckt ziemlich widerlich, manche finden es mit Kohlensäure besser. Ich weiß nicht. Ich würd's einfach in einem Zug runterkippen, aber ich kann nur für mich sprechen. Manche Leute können sich Flüssiges einfach so durch die Kehle gießen, können Sie das? Dann würde ich das machen.»

Es ist, als würde ihre Stimme langsam ausgeblendet, ich starre den Blister mit den Tabletten an, fünf durchsichtige Kapseln mit einer gelben Flüssigkeit.

«Was passiert, wenn ich die erste Kapsel einnehme?»

«Noch nicht besonders viel, im ersten Zyklus werden vor allem die Werte erhöht. Vitamine, Antioxidantien, so Sachen. In der zweiten Phase beginnt die eigentliche

Vorbereitung, und in der dritten wird dann alles kaputt gemacht, was wir zuerst aufgebaut hatten. Sie werden dann sehr krank werden, ich nehme an, Sie haben das alles schon gelesen, aber ich muss es noch einmal erwähnen. Ich bin jetzt die brave Beraterin.»

Sie presst die Lippen zusammen und zieht die Schultern hoch. Ich habe so gut wie nichts gelesen.

«Ich darf es nicht mehr mit Chemo vergleichen, aber so ungefähr ist es. Peng, Abwehrsystem, wir jagen alles in die Luft, Gift in die Adern, chemisches gelbes Zeug, das passiert dann bei uns, wir haben sehr bequeme Sessel, da setze ich mich manchmal nach Feierabend rein. *Enniweh*, danach fängt die Party erst richtig an. Wenn Sie dann so schwach sind wie noch nie, oder kurz davor, haben Sie eine letzte Ausstiegsmöglichkeit, dann können Sie noch zurück. Danach nicht mehr.»

Sie schiebt mir ein Blatt Papier hin.

«Wenn Sie dann hier unterschreiben wollen ...»

Ich bin mir der Risiken in vollem Umfang bewusst.

Mehr brauche ich nicht zu lesen. Je mehr Risiken, desto besser. Mit großen geschwungenen Buchstaben setze ich meine Unterschrift unter das Datum.

«*Sick*», sagt Nico. «Jetzt ist es echt.»

Sie reicht mir die Hand.

«Die erste Lieferung ist gratis. Die nächste bringe ich in fünf Tagen vorbei. Die Kosten werden automatisch abgebucht, dafür haben Sie unterschrieben. In der dritten Phase können Sie sich noch zurückziehen, das muss ich noch einmal sagen.»

So plötzlich, wie sie gekommen ist, ist sie auch wieder verschwunden. Ich schließe die Tür hinter ihr und spüre die Anwesenheit der Kapseln, des Pulvers und der Broschüre. Ich renne zum Tisch zurück.

Wie viele andere Menschen möchten Sie ein Hund werden. Das Leben eines Hundes ist spielerisch und voller Überraschungen. Die Vorhersehbarkeit Ihrer Tage wird Sie nicht mehr stören, sondern im Gegenteil beglücken. Hunde sehen die Welt anders, vor allem bekommen sie von ihrem Besitzer viel Liebe, und genau darum geht es uns. Wir sind für die Menschen da, die von der Gesellschaft verachtet werden, für die Verlassenen, die Verschmähten, die Partner, die ihre Beziehung gern fortgesetzt hätten. Die immer noch in den geliebten Menschen verliebt sind, der sie verlassen hat. Menschen, die Liebeskummer nicht als Endstation betrachten. Denn das muss er nicht sein. Wir führen Sie durch einen Übergangsprozess, in jeder Phase werden Sie von unseren Spezialisten betreut. Niemand braucht Liebeskummer als etwas Unabänderliches hinzunehmen. Am Ende bringen wir Sie wieder mit Ihrem geliebten Menschen zusammen. Als Hund können Sie Ihren Partner oder Ihre Partnerin grenzenlos lieben, winseln Sie nach Herzenslust um Aufmerksamkeit, schmiegen Sie sich an seine oder ihre Beine, ziehen Sie mit ihm oder ihr zusammen in die Wildnis. Sie werden der treue Kamerad Ihres geliebten Menschen werden. Untrennbar mit ihm oder ihr verbunden und nie mehr ohne Liebe. Ihr Wunsch ist unsere Mission.

Auf einem Foto umarmt eine Frau einen Golden Retriever, ich versuche im Blick des Hundes zu lesen. Seine Vorderpfoten ruhen am Hals der Frau, er hat die Schnauze in ihr Haar geschoben. Ich blättere weiter, die Schrift wird kleiner.

Verschmelzung
Fast 98 Prozent unserer Klienten, die den Übergangsprozess erfolgreich durchlaufen, werden schließlich mit ihren geliebten Menschen vereint. Dafür bitten wir Sie allerdings um etwas Geduld, denn nicht alle geliebten Menschen sind auf der Suche nach einem Hund oder haben überhaupt einen Hundewunsch. Wie es sich damit verhält, wissen unsere Klienten selbst oft am besten. Wir arbeiten unauffällig daran. Sofern wir dem geliebten Menschen ein Serum injizieren müssen, das den Hundewunsch verstärkt, dauert der Prozess länger, manchmal um einige Monate, in einigen Fällen sogar um Jahre – seien Sie sich dessen bewusst. Zum Glück erlischt Liebe nicht so schnell, beißen Sie sich also unbedingt noch etwas länger fest.

Wenn wir auf der Straße einen Hund sahen, wärst du am liebsten jedes Mal stehen geblieben. Fremde Hunde zu streicheln, kam für dich nicht infrage, dafür warst du viel zu höflich. Du wolltest dich nicht aufdrängen. Deshalb hast du Abstand gehalten. Ganz besonders rührten dich Hunde, die selbst ihr Spielzeug trugen. Ein vom Speichel grau gewordener Tennisball brachte dich dazu, beide Hände vor den Mund zu schlagen. Manche dachten, es wäre ironisch gemeint, wenn du so etwas gemacht hast, wenn du plötzlich stehen geblieben bist, um einen Hund zu beobachten, aber ich wusste, dass es ernst gemeint war. Ich erinnere mich, dass dich einmal eine Promenadenmischung mit einem hellblauen Plüschpinguin in der Schnauze buchstäblich zu Tränen rührte. Wir gingen zusammen über den Haarlemmerdijk. Der Hund drehte sich kurz zu dir um, der Pinguin war zu groß für ihn, die Flügel schleiften auf dem Boden. Du bist stehen geblieben und hast meine Hand gedrückt, die andere Hand auf deine Brust gelegt, hast mich angeschaut, um zu sehen, ob auch ich den Anblick herzbewegend fand, und dann wieder dem Hund nachgeblickt. Ich fand es nicht ganz so rührend wie du, ich fand eher dich rührend; wenn ich daran denke, könnte ich heulen. Du willst einen Hund, das spüre ich. Du hast immer gesagt, in deinem Leben wäre kein Platz für einen Hund, du müsstest zu viel auftreten, hättest nicht genug Selbstdisziplin. Aber ich weiß, dass du einen Hund willst, nichts lieber als das. Ein großes, träges Tier, das dich innig liebt, niemand anderen so sehr wie dich, das mit der Leine in der Schnauze zu dir kommt und dir in die Augen sieht, das sich auf dich legen will, das alles frisst, was du ihm vorsetzt, das deine Füße leckt, während du am Computer sitzt und tippst, das sich jedes Mal, wenn du wiederkommst, vor Freude um sich selbst dreht, jedes Mal außer sich vor Glück, das neben dir liegen will, wenn du schläfst, möglichst nah, das bellt, wenn es Gefahr wittert, weil es dich beschützen will, das sich am liebsten immer auf deinen Schoß kuscheln würde, auch im Restaurant und überall, wo es eigentlich unpassend ist, all das will ich, ich will dein Hund sein, lass mich dein Hund sein.

Zusammenführung

Die Zusammenführung wird ein besonders emotionaler Moment sein, bereiten Sie sich innerlich darauf vor. Ihr Herrchen oder Frauchen wird sich erst an Ihre Anwesenheit gewöhnen müssen, haben Sie also Geduld. Sie selbst werden vom ersten Augenblick an sehr anhänglich sein, und es kommt vor, dass der geliebte Mensch noch nicht ganz bereit dafür ist. Lassen Sie sich dadurch nicht frustrieren. Gönnen Sie Ihrem geliebten Menschen ausreichend Zeit, sich an seinen neuen Kameraden zu gewöhnen, dann erwartet Sie beide ein erfülltes gemeinsames Leben.

«*Eigentlich dürfte ich gar nicht* hier sein, ich muss heute zehn Päckchen abliefern, das ist viel, einfach zu viel. Aber gut, ich muss eben Geld verdienen. Und du brauchst heute die Transfusion. Wie geht's dir so? Fühlst du dich beschissen? Du fühlst dich beschissen, oder?»

Physisch und mental komme ich mir vor wie ein Wrack. Wenn es möglich wäre, würde ich meinen eigenen Kopf gerne meiden, denn dort rasen Gedanken wie Hochgeschwindigkeitszüge, manche kann ich nicht einmal mehr entziffern. Einer der Züge kommt immer wieder, auf der Seite ist ICH WILL DICH ZURÜCK aufgesprüht, manchmal lehnen sich Leute aus den Fenstern und schreien: Ich will dich zurück, oft explodieren ihre Köpfe, kurz bevor der Zug im Dunkel verschwindet, und dann kommt schon der nächste.

«Dass du dich so beschissen fühlst, das muss so sein.»

Wenigstens ist mein Körper jetzt auf Augenhöhe mit meinem Geist. Das Zeug, das mich innerlich in meine Bestandteile zerlegt, das meinen Körper auf den Übergang vorbereiten soll, rast durch meine Blut- und Nervenbahnen wie die Züge durch meinen Kopf.

«Aber es geht vorbei, daran musst du immer denken.»

Es hat noch keinen Tag gegeben, an dem ich nicht

an dich gedacht hätte. Ich muss mich der neuen Realität stellen. Ja, du bist nicht mehr Teil meines Lebens.

«Hältst du's aus?»

«Ich hatte gehofft, dass es schneller gehen würde, dass ich mich schneller anders fühlen würde. Dass es schnell weniger wehtun würde.»

Zum ersten Mal, seit ich sie kenne, schweigt Nico einen Moment.

«Ich hab noch nie Liebeskummer gehabt.»

Ich schaue sie an, sie schüttelt den Kopf. Sie scheint es zu bedauern.

«Ich begegne Tag für Tag Leuten, die sich nach jemandem sehnen, an den sie nicht rankommen, aber ich selbst kenne dieses Gefühl nicht. Ich weiß, dass ihr leidet, dass es schlimm ist, aber so richtig nachempfinden kann ich's nicht. Und das stört mich doch irgendwie. Ihr wisst mehr als ich.»

Sie schweigt wieder, als wäre ihr all dies gerade erst klar geworden. Ich habe in den vergangenen Monaten hundert Mal Äußerungen gehört wie: Du wirst ein vollständigerer Mensch, du hast mehr Lebenserfahrung, du wirst dich besser in andere hineinversetzen können. Ich könnte sehr viel darüber sagen, wie es ist, ein unglücklicher Mensch zu sein, davon gibt es jede Menge. Vor allem in der Literatur. Aber wer kann einem sagen, wie es ist, ein glücklicher Mensch zu sein? Wo findet man so jemanden? Ich weiß, dass ich gerade dabei bin aufzugeben. Es wird mir nicht mehr gelingen, ein glücklicher Mensch zu werden, deshalb werde ich jetzt ein glücklicher Hund.

«Du weißt andere Dinge», sage ich, «Dinge, über die ich nichts weiß oder die ich vergessen habe.»

«Was denn?»

«Wie es ist, morgens aufzustehen, ohne zu weinen.»

«Stimmungskiller.»

Mein Blick wandert zu dem Apparat und der Nadel in meinem Arm. Welche Stimmung könnte man hier noch killen?

«Hast du keine Fragen? Die meisten haben mehr Fragen.»

«Ich will mich nicht mehr so fühlen, wie ich mich jetzt fühle. Wann wird das sein? Das ist meine Frage.»

«Das kann ich nicht so genau sagen. Du willst doch, dass ich ehrlich bin, oder?»

«Wann hab ich das gesagt?»

«Du wirst dich anders fühlen, so viel ist sicher, ich kann eben nur nicht sagen, wann genau. Noch nicht. Erst wenn wir angefangen haben. Richtig angefangen, meine ich, und dann kann es schnell gehen.»

«Ist es schmerzhaft?»

«Weißt du noch, wie du als Kind nachts wach gelegen hast und fast spüren konntest, wie deine Knochen sich gestreckt haben? Dieses komische Gefühl in den Kniekehlen. So ist das, nur umgekehrt. So haben andere es mir erklärt.»

«Okay.»

Der Inhalt des Kunststoffbeutels ist schon zur Hälfte in meinen Adern.

«Wenn du mich ansiehst, was glaubst du, wie lange es bei mir noch dauert?»

«Liebst du Hunde?»

«Was hat das damit zu tun?»

«Viel. Vielleicht gibt dir ja ein Leben als Hund schon genug, und die Zusammenführung ist gar nicht mehr wichtig.»

«Was? Gerade darum geht es doch. Ich will kein Hund werden, das interessiert mich nicht. Ich will das wiederbekommen, was ich hatte. Nur das.»

«Du weißt, dass du immer noch aufhören kannst?»

«Ich will überhaupt nicht aufhören, ich will nur, dass es nicht so verflucht lange dauert.»

«Wir können ...»

«Und ein bisschen mehr Klarheit. Wenn man mir sagen könnte, wann die Zusammenführung sein wird. Da wird doch wohl schon dran gearbeitet?»

«Die Transformation muss erst erfolgreich abgeschlossen sein, bevor wir die letzte Phase einleiten.»

«Man hat also noch nicht mal angefangen, einen Hundewunsch in ihm zu wecken?»

«Ich dachte, den hätte er sowieso.»

Sie bleibt auf der Armlehne meines Sofas sitzen und spielt mit dem Schlauch, durch den die Infusionslösung rinnt. Wenn ich so weitermache, vertreibe ich auch die Letzten, die mir noch zuhören. Ich bin wütend auf alles und jeden außer mich selbst. Ich verstehe nicht, warum sie nicht aufsteht und weggeht. Sie bleibt sitzen und starrt fasziniert den Schlauch an.

«Was für ein Hund werde ich?»

Sie schaut mich an und lacht.

«Wir haben kein Blut abgenommen.»

«Was glaubst du?»

«Kein Terrier, dafür bist du zu lieb.»

Ich lächle.

«Auf jeden Fall ein Mischling, du bist chaotisch, genau wie ich. Aber um ehrlich zu sein, im Grunde hat das wenig zu sagen. Auch Rassehunde können chaotisch sein. Nur eins steht fest: kein Dalmatiner, nur Linkshänder werden Dalmatiner.»

«Wieso das?»

«Wir wissen es nicht. Aber wir listen alle Eigenschaften der Menschen auf, bevor der Übergang beginnt, und bisher ist noch nie ein Rechtshänder ein Dalmatiner geworden.»

«Wird denn jeder Linkshänder einer?»

«Nein, absolut nicht. Nicht alle Linkshänder sind Dalmatiner geworden, aber alle Dalmatiner sind Linkshänder.»

«Gut, dann kann ich das ausschließen. Ich will werden, was er mag, verstehst du? Kann ich das noch beeinflussen?»

«Nicht wirklich. Wir glauben, nein. Was mag er denn?»

«Mittelgroße Mischlinge.»

«Das sagen fast alle Männer.»

«Und du glaubst das nicht?»

«Nein. Letztlich hat jeder andere Vorlieben.»

«Wie heißen diese Hunde, die immer fröhlich sind und die oft verschiedenfarbige Augen haben? Langes Fell. Und überall gefleckt. Wie bei einer Schildpattkatze.»

«Australian Shepherd? Die haben nicht immer verschiedene Augen. Aber oft ganz intensiv blau.»

«Ja, die! Auf Instagram gab's *Three Happy Shepherds*, denen ist er gefolgt. Jahrelang. Als der Älteste gestorben ist, hat er geweint. Ich glaube, danach wollte er dem Kanal nicht mehr folgen, plötzlich waren es nur noch zwei Hunde, aber der Name blieb gleich. Der Hund, der gestorben ist, hatte immer so lustig posiert, den Kopf viel zu schief und ein Auge halb zugekniffen. Er fand es rührend, dass der Hund sich vor der Kamera so viel Mühe gab.»

«Vielleicht wirst du ja dann auch fotografiert.»

«Vielleicht kriege ich einen eigenen Account.»

«Den du nicht mal selbst pflegen musst.»

Von dem bloßen Gedanken wird mir ganz warm ums Herz. Fast hätte ich übersehen, dass inzwischen auch die zweite Hälfte der Infusion durch ist.

«Ich muss jetzt wirklich weg.»

Sie hat gewartet, bis sich alles in meinem Körper verteilt hat, und mich abgelenkt. Ich würde sie gerne kurz mit meinen Fingerspitzen berühren, um ihr zu danken. Demnächst werde ich stattdessen Pfotenballen haben. Während sie sich von der Lehne erhebt, drückt sie versehentlich die Nadel etwas tiefer in meinen Arm. Ich lasse mir nichts anmerken.

«Werde ich noch meine eigenen Gedanken haben?»

Sie hängt sich die Schultertasche um.

«Du wirst immer noch du selbst sein, nur dass deine Gedanken Hundegedanken geworden sind. Du machst dir dann keine Sorgen mehr um menschliche Probleme, zum Beispiel wegen einer verlorenen Bankkarte oder darüber, dass du einen größeren Kleiderschrank brauchst oder ob du Biotomaten oder andere kaufen sollst. Das braucht dich alles nicht mehr zu kümmern.»

«Würdest du mich streicheln, wenn du mich vor dem Supermarkt sehen würdest?»

«Natürlich, ich streichle jeden Hund.»

«Würdest du denn wissen, dass ich es bin?»

«Ja.»

Dann geht sie. Ich entscheide mich dafür, ihr zu glauben.

Ich werde nie bellen, wenn es dich stört.

Ich werde mich nicht sträuben, wenn du mich waschen willst, nicht einmal, wenn du mich abduschen willst, obwohl ich hoffe, du weißt, dass ich lieber bade.

Ich werde alles fressen, was du mir gibst, weil ich dir vertraue.

Ich werde mir große Mühe geben, bei allem mitzuhelfen. Wenn ich es schaffe, das Bett zu machen, werde ich das tun, und dann darfst du auch gerne deinen Freunden zeigen, dass ich es kann.

Seht mal, was mein Hund kann!

Ich werde nie Kot von anderen Hunden oder von Katzen fressen, auch wenn ich jetzt schon ein bisschen den Drang spüre, an einem frischen Haufen zu schnüffeln, wenn ich daran vorbeikomme, aber ich verspreche hiermit feierlich, mir das für immer zu verkneifen.

Ich werde erst recht keinen Menschenkot fressen, oft ist das Kot von Junkies, und ich weiß, dass ich dann lustige Erlebnisse haben würde, aber für dich werde ich davon absehen.

Ich werde mir die Mäntelchen, die du für mich kaufst, anziehen lassen und, ohne zu zögern, den Kopf durch den Halsausschnitt stecken, es wird mir nichts ausmachen.

Ich werde dir zuhören, wenn du eine todlangweilige Geschichte über einen Klavierstimmer erzählst.

Ich werde immer mitjaulen, wenn du Musik machst, dann weißt du, dass ich sie schön finde.

Ich werde dich vor jedem Eindringling beschützen.

Ich werde neben dir liegen, während du allen Whisky vom Vorabend ausschwitzt.

Ich werde keine Fragen mehr stellen.

Ich werde mit dem Gummihuhn spielen, wenn du eins für mich kaufst.

Ich werde mit der Schnauze dein Bein anstupsen, wenn ich rauswill, und zwar so, dass meine feuchte Nase deine Hose nicht schmutzig macht.

Ich werde misstrauisch gegenüber deinen Freunden bleiben, sie dürfen mich kurz streicheln, aber dann will ich wieder zu dir.

Ich werde mich an dich schmiegen, wenn du fernsiehst, und knurren, wenn auf dem Bildschirm ein Hund erscheint, denn bei dir ist nur Platz für *einen* Hund, und das bin ich.

Ich werde dich bei allem, was du tust, aufmerksam ansehen.

Ich werde zu dir aufblicken, wenn du mit mir Gassi gehst und wir zusammen durch die Straßen paradieren.

Ich werde den Kopf aus dem Seitenfenster halten, wenn du Auto fährst, weil du das so wahnsinnig gut kannst.

Ich werde vom Boden in deine Arme springen.

Ich werde dir den Hals lecken und immer wieder vergessen, dass du das eigentlich nicht magst.

Ich werde nie an der Leine zerren, nicht einmal, wenn ich einen anderen Hund sehe.

Ich werde mit allem, was du mir gibst, zufrieden sein.

Ich werde mich wie ein braver Hund benehmen, wenn du mich so nennst.

Bitte nenne mich immer so.

Ich rieche Eier. Von Gerüchen geweckt zu werden, habe ich nie besonders gemocht, aber jetzt gefällt es mir. Butter, die in der Pfanne schmilzt, aufgeschlagene Eier, kein Speck. Es kommt nicht von unten, sondern von etwas weiter weg. Vielleicht aus dem Nachbarhaus, es könnte aber auch noch ein Haus weiter sein. Habe ich ein Fenster offen gelassen? Eigentlich mache ich immer alles zu, weil ich mich bis heute allein nicht sicher fühle. Irgendwo wird Wäsche aufgehängt, es ist der Geruch von nasser Bettwäsche, vermischt mit künstlichem Lavendel, ein bisschen zu penetrant. Aus dem dritten Haus links. Warum kann ich das riechen? Ich betaste meine Nase, sie fühlt sich feucht an, ich kann die Poren deutlich spüren. Ich richte mich ruckartig auf, werfe die Decke zur Seite und springe aus dem Bett. Im Spiegel ist es schon gut zu sehen. Meine Poren sind schwarz, die Nasenlöcher sind etwas gebogen, die ganze Nase glänzt. Das ist der Anfang. Ich rieche meine Waschmaschine, ein muffiger Geruch, dazu der von hart gewordenem Waschpulver, mit geschlossenen Augen könnte ich die Stelle sofort finden. Sogar den Wasserhahn kann ich riechen, Metall in Kombination mit einer Spur Schimmel. Ist meine Wohnung so schmutzig? Ich dachte, bei mir wäre alles sauber. Einen Moment frage ich mich, ob es praktisch sein kann, als

Mensch den Geruchssinn eines Hundes zu haben. Der Drang, die ganze Wohnung gründlich zu putzen, lässt nach, als mir bewusst wird, dass ich nicht weine. Es ist der erste Morgen, an dem ich aufstehe, ohne zu weinen.

Es kann schnell gehen, und es kann langsam gehen. Auch dazu konnten sie keine Prognose abgeben. Wenn die ersten Veränderungen sichtbar würden, sollte ich anrufen.

«Ihre Kundennummer?»

«Habe ich eine Kundennummer?»

«Die steht auf dem ersten Lieferschein.»

«Ich weiß nicht, ob ich den noch habe.»

Es ist einen Moment still.

«Ihr Geburtsdatum?»

«16. Oktober 1984.»

«Welche Symptome haben Sie?»

Ich hatte nicht erwartet, dass sie die Veränderungen als Symptome bezeichnen würden.

«Meine Nase fühlt sich feucht an, und man sieht mehr schwarze Pünktchen als normalerweise.»

«Sind Sie erkältet?»

«Und meine Nasenlöcher haben eine andere Form.»

«Können Sie die Form beschreiben?»

«Schmaler und etwas gebogen und länglicher.»

«Was haben Sie gestern Abend gegessen?»

«O je, da muss ich kurz nachdenken, was hab ich gestern gegessen, ich weiß es nicht. Nudeln? Ich glaube ja. Habe ich gekocht? Nein.»

«Sind Sie häufiger vergesslich?»

«Nein.»

«Was haben Sie vorige Woche Mittwoch gegessen?»

«Wenn ich nicht weiß, was ich gestern gegessen habe, weiß ich erst recht nicht, was es vorige Woche war. Pizza! Jetzt fällt's mir wieder ein, ich habe gestern Pizza Margherita gegessen. Vom Pizzadienst geliefert.»

«Das ist nicht von Bedeutung. Haben Sie Medikamente genommen?»

«Nein, das ist ja verboten.»

«Wenn es weitere Fortschritte gibt, sagen Sie uns bitte Bescheid.»

«Ist das alles?»

«Einen schönen Tag noch.»

Bewusstsein
Genau wie Ihr Gesicht wird sich auch Ihr Bewusstsein verändern. Sie werden Ihr menschliches Bewusstsein zum größten Teil verlieren. Hunde-DNA wird Ihre Menschen-DNA beinahe vollständig ersetzen. Ihre Verliebtheit wird jedoch nicht verschwinden, Sie werden sie in Ihrem Herzen bewahren. Und Sie können sie gegenüber Ihrem geliebten Menschen nach Herzenslust ausleben. Für die meisten Teilnehmer gilt, dass sich das Bewusstsein erst in einer späten Phase des Übergangs verändert. Und sogar dann können Sie noch mit unseren Spezialisten kommunizieren, Verständnis wird bei uns großgeschrieben. Die Liebe, die noch in Ihren Adern pulsiert, wird Sie jedoch nicht verlassen, sondern bleibt quicklebendig. Sie brauchen sich nie wieder zurückzuhalten. Scham empfinden Sie als Hund überhaupt nicht, außer

wenn Sie auf einem Rasen Ihr Geschäft erledigen müssen, während Menschen Ihnen dabei zusehen. Diese Scham ist ein Überbleibsel aus Ihrem früheren Leben.

Ich will raus. Ich will wissen, was draußen los ist, wer da unterwegs ist und was alle so tun. Ich hoffe, dass die Sonne scheint, aber wenn nicht, finde ich das auch nicht schlimm, regnen sollte es lieber nicht, doch auch das wäre keine Katastrophe. Ich bin aufgeregt, so aufgeregt wie seit Monaten nicht mehr. Im Aufzug kann ich mich fast nicht zügeln, ich werfe mich gegen die Türen, obwohl ich noch nicht einmal an der dritten Etage vorbei bin. Ich will raus, denn draußen ist der Ort, wo alles Interessante passiert. Die Türen öffnen sich furchtbar langsam, kaum ist der Spalt groß genug, quetsche ich mich hindurch und renne zum Ausgang. Draußen renne ich einfach weiter, Tausende von Gerüchen dringen in meine Nase. Jasmin, der erst heute Morgen erblüht ist, Müllsäcke mit Kartoffeln und Schmorfleisch, das mit Sicherheit noch gut ist, Hundeurin, sehr viel Hundeurin, manchmal riecht er scharf, manchmal süß. Oder widerlich, dann muss er von einem älteren Hund sein. Am Kai rieche ich Gummi, feuchtes Moos, die Sonne, ich rieche die Sonne, kann ich wirklich die Sonne riechen? Ich fliege über den Gehweg, ich werde nie mehr aufhören zu rennen, Gras riecht ganz herrlich, habe ich gewusst, dass Gras so herrlich riecht? Und auch Schlamm, ich will mich darin wälzen, ich will ihn auf mir spüren, wenn etwas so gut riecht, muss es sich auch gut anfühlen, ist das normal? Ich bin allein. Wenn ich mich im Schlamm wälze, denken die Leute, dass ich verrückt bin. Eine Bank, vielleicht sollte ich mich einen Moment auf einer Bank ausruhen. Ich renne hin und lasse mich darauffallen. Das Holz tut meinem Hintern weh.

«Na, du kannst ja rennen», sagt ein Mann. Ich hatte ihn nicht bemerkt, er steht schräg hinter mir, mit einem angeleinten Dobermann.

«Ja», keuche ich.

«Machst du das jeden Tag?»

«Nein, eigentlich renne ich nie.»

«Sah so aus, als ob du's täglich machst, sehr überzeugend.»

Der Hund legt die Vorderpfoten auf die Bank und starrt mich merkwürdig an.

«Sitz! Adriaan, sitz!»

Adriaan stellt die Vorderbeine wieder auf den Boden und bellt mich an. Sein Fang ist riesig, ich kann seinen Gaumen sehen.

«Adriaan! Aus!» Und dann zu mir: «Das macht er normalerweise nie, er ist ein sehr lieber Hund.»

«Ich renne normalerweise nie.»

Der Mann lacht.

«Ich bin zum ersten Mal in diesem Park, dabei wohne ich schon zwei Jahre hier.»

«Kann doch nicht sein.»

Adriaan zerrt an der Leine, ich wittere in einiger Entfernung auffliegende Enten. Dahin will ich auch. Der Mann hat Mühe, Adriaan zurückzuhalten.

«Wenn ich ihn loslasse, frisst er die Vögel.»

Ich lache, obwohl ich mir nicht sicher bin, ob es ein Scherz war. Ich will zu den Enten.

«Wenn du willst, kannst du ihn ruhig streicheln, er ist eigentlich sehr ruhig.»

Adriaan wütet und geifert jetzt in Richtung Teich. Ich will nicht reden, ich will keinen Hund streicheln, ich will zu den Enten. Ich kann mich nicht mehr beherrschen, springe auf und renne auf das Ufer zu, wo die Enten ahnungslos herumwatscheln. Ich fliege über das Gras. Im Augenwinkel sehe ich gerade noch, dass Adriaan sich mit aller Kraft loszureißen versucht, der Mann muss sich mit den Absätzen in den Boden stemmen, um ihn zu halten. Ich renne, so schnell ich kann, meine Beine scheinen sich fast vom Rumpf zu lösen. Die Enten bemerken mich erst, als ich nur noch einen Meter entfernt bin. Panisch flattern sie in verschiedene Richtungen auf, erschrocken quakend. Ein seltsames Gefühl überkommt mich, ich bin fröhlich, ich hatte fast vergessen, wie sich Leichtigkeit anfühlt.

Warum bedeutet *Ich kann nicht ohne dich leben* in deiner Welt nicht das Gleiche? Warum hat ein solcher Satz keine Konsequenzen? Ich kann nicht ohne dich sein, warum du ohne mich? Wie kann sich der eine Mensch in Pudding und Schleim verwandeln, zu nichts mehr fähig, während der andere fröhlich weiterlebt? Warum ist in deiner Sphäre nichts von meinem Unglück zu spüren? Warum breiten sich seine Schwingungen nicht bis dorthin aus? Oder kannst du es fühlen, wenn ich wieder auf den Badezimmerfliesen liege? Du hast immer als Erster gemerkt, wenn mich irgendetwas ärgerte oder bedrückte. Früher als ich selbst. Jetzt warnt mich niemand mehr. Es kommt aus dem Nichts. Der Nebel lichtet sich, und da ist es. Früher sagtest du: «Flauf, ich seh schon, dir geht's nicht so gut, entspann dich einfach mal, heute Abend brauchst du nichts zu tun, ich kann für dich kochen.» Und dann gab es Würstchen mit Witzchen. In solchen Momenten liebte ich dich am innigsten. Wenn ich auf dem Sofa saß und du in aller Ruhe ein Steak in Alufolie eingewickelt hast, um es nachgaren zu lassen. Noch zwei Minuten, hast du gesagt, dann würde es besser schmecken. Essen hilft, sagtest du. Jetzt liege ich wieder hier, und niemand sagt mir, dass es mir nicht gut geht. Und du weißt von nichts.

Es liegt am Zug. Alles vibriert so schön. Ich habe gerade den Inhalt eines Beutels in Wasser aufgelöst, eigentlich wollte ich das Zeug erst zu Hause trinken, aber dann würde ich es über eine Stunde zu spät einnehmen. Das kann ich nicht riskieren. Die Frau mir gegenüber blickt auf, sie will sich nichts anmerken lassen, aber ich sehe, dass sie die Flüssigkeit riecht. Das Pulver löst sich nicht richtig auf, ich spüre Klümpchen in meinem Rachen und muss ein paarmal kräftig schlucken. Noch vierzig Minuten bis Amsterdam Hauptbahnhof, ich werde mich sehr beherrschen müssen. Um mich abzulenken, hole ich die Broschüre aus der Tasche.

Hunde und verliebte Hunde
Nicht alle Hunde, die Sie kennen, sind verliebte Hunde. Nur 11 Prozent aller Hunde auf der Welt sind verliebt. Was natürlich immer noch eine gewaltige Menge ist. Die Unterscheidung ist schwierig und für die meisten Menschen unmöglich. Haben Sie gelegentlich einen Hund beobachtet, der sein Herrchen oder Frauchen nach einem mehrstündigen Einkaufsbummel wiedersieht? Alle Hunde sind dann begeistert, das liegt in ihrer Natur, doch verliebte Hunde geraten in Ekstase. Ihre Wiedersehensfreude ist jedes Mal aufs Neue ein entzückender Anblick. Aufgeregtes Trippeln und Fiepen, manchmal so-

gar leichte Inkontinenz. Rechnen Sie damit, dass Sie beim ersten Wiedersehen den Harn nicht vollständig zurückhalten können. Ihr Herrchen oder Frauchen wird es Ihnen nicht übel nehmen, solches Verhalten wird bei Hunden akzeptiert.

Alter

Ihr Hundealter hängt mit ihrem Menschenalter zusammen. Weil wir Menschen unter achtzehn Jahren nicht zu unserem Programm zulassen, können wir verständlicherweise keine Welpen abliefern. Das kann die Zusammenführung leicht verzögern, weil die meisten Menschen sich Welpen wünschen. Je früher Sie sich bei uns anmelden, desto besser. Wir arbeiten intensiv an der Entwicklung neuer Methoden, die es ermöglichen, das Hundealter vom Alter des Menschen unabhängig zu machen, doch sie sind noch nicht so weit ausgereift, dass wir sie bereits anwenden könnten. Falls Sie sich zur Testgruppe anmelden möchten, teilen Sie dies bitte Ihrem Berater oder Ihrer Beraterin mit. Eine gesunde Lebensweise vor Beginn des Transformationsprozesses kann die Wahrscheinlichkeit eines langen Hundelebens beträchtlich erhöhen; lesen Sie hierzu die Tipps unter der Überschrift «Ernährung».

Ich spüre den Kunststoffbezug der Bank an meiner Haut, ich kann mich nicht auf den Text konzentrieren. Ein Tropfen Schweiß rinnt meinen Rücken hinunter. Und dann die Gerüche der vielen verschiedenen Menschen. Kann irgendein Mensch sich vorstellen, wie viele

Reize das sind? Menschen haben einen speziellen Geruch, das hatte ich nicht gewusst. Ich fand immer, dass Hunde nach Hunden und Katzen nach Katzen riechen, und genauso riechen Menschen nach Menschen. Es spielt keine Rolle, wie viel Parfüm sie benutzen oder ob sie sich gerade erst gewaschen haben. Ich rieche Menschen. Es ist ein muffiger Geruch wie der von Holz, das in der Sonne trocknet, in Kombination mit dem Geruch von Erde. Diesen Unterton rieche ich bei allen.

Übergang in der Öffentlichkeit
Wenn mehr als 25 Prozent der Transformation hinter Ihnen liegen, wird Ihre Umgebung die Veränderungen wahrnehmen können. Erschrecken Sie also nicht. Es ist möglich, dass Sie unpassende Bemerkungen zu hören bekommen. Wenn Sie sich nicht ständig erklären und rechtfertigen möchten, können Sie stattdessen Kärtchen verteilen. Hier ein paar Beispiele:

1. *(sachlich) Ich unterziehe mich einer Transformation, weshalb ich anders aussehe als die meisten Menschen. Ich hoffe, dass Sie mich als gleichberechtigt akzeptieren können.*
2. *(zurechtweisend) Mein Gesicht verändert sich und kann für Sie merkwürdig aussehen. Ich hoffe dennoch, dass Sie versuchen, mich nicht anzustarren, weil ich das als sehr unangenehm empfinde. Ich starre Sie ja auch nicht an.*
3. *(romantisch) Vor nicht allzu langer Zeit wurde mein Herz gebrochen. Ich bin nun in einem Transformationsprozess, nach dem ich als Hund zu meinem/*

meiner ehemaligen Geliebten zurückkehren werde. Jeder hat seine eigene Geschichte, meine ist die eines gebrochenen Herzens. Versuchen Sie, sich eines Urteils zu enthalten.

Ich rieche etwas Neues. Einen Menschen, natürlich einen Menschen, und zwar einen, der eben noch im Wald gewesen ist, Hunde sind an ihm hochgesprungen, vielleicht ist er sogar mit Vögeln in Berührung gekommen, ich rieche eindeutig Vögel. Ein Mann in einer verwaschenen, zu oft getragenen Hose kommt durch den Gang, er setzt sich auf den Platz schräg gegenüber. Ich möchte mich an ihn drücken. An einem Arm hat er eine heilende Wunde, höchstens eine Woche alt. Ich kann das geronnene Blut riechen, ich will an der Kruste lecken. Ich will, dass er mich hinter sich her zur Toilette zerrt. Ich muss mich beherrschen, jeden Moment kann ich mich von der Bank auf die Knie gleiten lassen, um an seiner Wunde zu lecken. Tu es nicht. Tu es nicht. Tu es nicht. Du bist ein Mensch. Ich muss mich wie ein Mensch verhalten. Es liegt am Zug, an diesem herrlichen Vibrieren. Ich will ihn besteigen. Alle Männer will ich besteigen. Und auch die Frauen. Mann oder Frau, es ist mir gleich. Alles erregt mich. Auch die Frau gegenüber, die ich mir bisher nicht so genau angesehen hatte, sogar sie will ich. Ihr Rock ist ein klein wenig zu eng, vor dem Saum wölbt sich das Fleisch ihrer Oberschenkel. Dort möchte ich sie lecken. Meine Zunge ist fürchterlich trocken. Ich will das Salz von ihren Händen lecken. Ich will meine Nase zwischen ihre Beine schieben. Am allerliebsten würde ich *dir* die Hände lecken. Deinen ganzen Körper werde ich abarbeiten und meine Pfoten dabei tief in deine Haut drücken. Meine Krallen werden Kratzer hinterlassen. Und du lachst glucksend. Ungezogener Hund, wirst du sagen. Und dann lecke ich dir das Gesicht. Mein Speichel zwischen deinen Lippen. Dann umarmst du mich, weil du weißt, dass ich dann aufhöre. Weil ich nichts lieber will als in deinen Armen ruhen.

Nebenwirkungen
Wir sprechen von Nebenwirkungen, doch im Grunde handelt es sich um die ersten Anzeichen dafür, dass die Transformation gelingt. Sollten bei Ihnen während eines Aufenthalts in der Öffentlichkeit schwere Nebenwirkungen auftreten, können Sie jederzeit eine Beruhigungstablette einnehmen, um die unerwünschten Symptome zu mildern. Nach einer halben Stunde werden Sie sich wieder gut beherrschen können. Die Wirkung der Beruhigungstablette wird etwa vier Stunden anhalten.

Ich will immer noch über die Wunde des Mannes lecken. Die Kruste glänzt in der Sonne, sie ist schon überflüssig, ich kann sie abknabbern. Reiß dich zusammen. Ich bin ein Mensch und habe Tabletten in der Tasche, und die werde ich auch einnehmen. Soll ich mich von der Bank gleiten lassen? Die Wunde schmeckt bestimmt salzig. Ich wühle in den Tiefen meiner Tasche und versuche, durch den Mund einzuatmen. Meine Zunge rutscht wie von selbst heraus, sie kommt mir größer vor als gestern. Die Frau mir gegenüber schaut mich erschrocken an und tut dann so, als würde sie die Kühe auf der Weide betrachten. Ich ziehe die Zunge ein. Ich weiß nicht, ob ich mich noch lange in die Öffentlichkeit wagen kann. Meine Finger finden den Blister. Ich lege mir die Tablette auf die Zunge und schlucke sie ohne Wasser hinunter. Ich schließe die Augen und flehe einen mir unbekannten Gott an, sie schnell wirken zu lassen. Warum habe ich all mein Wasser schon getrunken? Hätte ich doch mehr Flaschen mitgenommen. Ich lege die Hände vor die Nase. Der Geruch von Blut und nassen Blättern dringt tief ein. Ich hätte die Augen nicht wieder öffnen sollen. Die Wunde glänzt, ich lasse mich von der Bank gleiten, schiebe den Kopf zwischen die Beine des Mannes und lecke über seinen Arm. Er schmeckt eigenartig, noch salziger, als ich erwartet hatte, ich kann die Salzkristalle fühlen. Sein Blut schmeckt wunderbar sauer. Ebenso schnell, wie ich zwischen seinen Beinen gelandet bin, springt er auf und tritt mich in den Magen. Ich bin mir nicht sicher, ob das Absicht war, er wollte mich einfach wegtreten. Die Frau schreit auf. Ich packe verstört meine Tasche und renne weg, so schnell ich kann. Die anderen Fahrgäste stehen auf, tun aber nichts, sondern schauen mich nur verächtlich an. Ich sprinte an ihnen vorbei und dann durch die nächsten Wagen, noch schneller. Am Rand meines Blickfeldes huschen die WC-Hinweisschildchen vorüber. Am Ende des zweiten oder dritten Wagens werfe ich mich fast gegen die Toilettentür, die knallend aufspringt. Keuchend schließe ich ab. Ich habe so schrecklichen Durst, meine Kehle zerspringt. Wieder falle ich auf die Knie, ich stecke den Kopf in die Toilettenschüssel und schlabbere das Wasser in mich hinein. Es schmeckt nicht gut, aber das macht mir schon nichts mehr aus. Ich muss trinken, so viel ich kann. Und dann schlafen. Am besten lege ich mich hier neben die Toilette, da bin ich geschützt und nicht unter den Menschen.

Überbrückungsphase

Wenn die Transformation rasch verläuft, lässt sich in vielen Fällen eine Überbrückungsphase nicht vermeiden, weil der geliebte Mensch noch nicht ausreichend vorbereitet ist. Sollte es bei Ihnen dazu kommen, bieten wir Ihnen für eine gewisse Zeit Unterkunft und Versorgung. Sobald Ihre Transformation zu 50 Prozent abgeschlossen ist, werden wir Sie in einer unserer Niederlassungen unterbringen. Dort werden Sie mit allem Notwendigen ausgestattet, Sie können nichts mitbringen. Ihre Kleidung, sofern Sie noch welche tragen, werden wir bei Ihrer Ankunft in Verwahrung nehmen. Sie können im Voraus bestimmen, ob Sie von uns abgeholt werden möchten oder auf andere Beförderungsmöglichkeiten zurückgreifen. Alles, was Sie brauchen, bekommen Sie bei uns: einen bequemen Korb, einen eigenen Trinknapf, zwei Mahlzeiten täglich und natürlich ausreichend Platz zum Rennen. Es gibt einen Spielpalast, in dem Sie sich so richtig austoben können. Wir möchten Sie ausdrücklich darauf hinweisen, dass jeder Übergang anders verläuft, bitte stellen Sie sich darauf ein. Möglicherweise vollzieht sich Ihre Transformation bei bestimmten Teilen Ihres Körpers recht unvermittelt, während sie bei anderen allmählich verläuft.

«Ich kann nicht mehr zu Hause bleiben.»

«Ihre Kundennummer?»

«Die habe ich jetzt nicht, soll ich Ihnen mein Geburtsdatum nennen?»

«Ja, bitte.»

«16. Oktober 1984.»

«Haben Sie neue Symptome?»

«Nicht in erster Linie äußerlich, aber ich rieche alles sehr deutlich, und mein Verhalten ist, na ja, bei einem Menschen nicht gerade erwünscht.»

«Wenn Sie bei fünfzig Prozent sind, können wir Sie aufnehmen.»

«Geht es nicht früher? Und woher soll ich wissen, wann ich bei fünfzig Prozent bin?»

«Das bestimmen wir anhand Ihrer Symptome. Wir können Sie vorzeitig aufnehmen, aber damit wären zusätzliche Kosten verbunden.»

«Vielleicht bin ich ja schon bei fünfzig Prozent, nur eben innerlich.»

«Welche Symptome haben Sie denn?»

«Ich will rennen, nach draußen, Enten aufscheuchen, vom Boden essen, aus Toilettenschüsseln trinken, es wird schlimmer, ich will …»

Ich hatte gehofft, dass sie mich dazu ermuntern würde, noch mehr aufzuzählen.

«Ich will Menschen besteigen, manchmal kann ich mich nicht zurückhalten.»

«Haben Sie genügend Medazepam?»

«Ja, aber die wirken nicht schnell genug. Ich habe gerade einen Mann im Zug abgeleckt, ich habe an seiner Wunde geleckt und bin dann zur Toilette geflüchtet. Der Zugbegleiter war wütend, im Hauptbahnhof Utrecht hat man mich in so eine Art Mini-Gefängnis gesteckt. Man konnte nichts beweisen, und der Mann mit der Wunde hat keine Anzeige erstattet, deshalb konnte man mich nicht festhalten. Aber so geht es nicht mehr weiter.»

Am anderen Ende ist es still. Es bleibt still.

«Hallo?»

«Ich denke nach.»

Zum ersten Mal höre ich die Stimme in der ersten Person sprechen.

«Sie können zur Untersuchung kommen, morgen um Viertel vor elf. Sorgen Sie bitte dafür, dass Sie Ihre Kundennummer zur Hand haben. Bleiben Sie bis dahin im Haus und nehmen Sie zwei Medazepam, bevor Sie kommen.»

Sie weiß nicht, wie schwierig es für mich ist, im Haus zu bleiben. Nicht nur, weil ich ständig den Drang verspüre, mich draußen im Gras und Morast zu wälzen, sondern auch, weil ich nicht mit meinen Gedanken allein sein will. Meinen menschlichen Gedanken, die immer noch nicht verschwinden wollen. Du fehlst mir. Am liebsten würde ich jetzt zu dir fahren und schreien, wie sehr ich dich liebe und immer lieben werde und dass ich ohne dich zugrunde gehe. Ich könnte es tun, mich jetzt aufs Rad schwingen. Ich muss mich beherrschen, weil es unvernünftig wäre. In mir strudelt und tobt es, manchmal ist mir so übel davon, dass ich mich übergeben will. Immer wieder hoffe ich, dass ich die Liebe zu dir zusammen mit dem bisschen Nahrung, das ich zu mir nehme, auskotzen kann. Aber das klappt nie. Wenn ich wieder einmal das Klo umarmt habe, will ich doch nur zu dir und mich an dich schmiegen. Und dich sagen hören, dass es nicht schlimm ist, dass ich stinke. Dass du mich doch noch liebenswert findest. Dass dir klar ist, was passiert, wenn die Liebe einseitig verdorrt. Jeden Tag muss ich so tun, als würde ich einfach weiterleben, obwohl mich dieses Leben in keiner Hinsicht mehr interessiert. Jede Nacht empfinde ich noch etwas mehr Scham, wenn ich wieder nicht einschlafen kann und mir vorstelle, dass ich zu dir fahre. Um zu fragen, ob wir es nicht doch noch einmal versuchen können. Ich werde mich ändern, dann kannst auch du dich ändern. Dann können wir zusammen etwas ganz anderes werden, etwas Neues, das alle neidisch macht. Aber ich schreie nicht in die Nacht, ich heule den Mond nicht an, denn meine Freunde haben gesagt, dass so etwas nicht attraktiv macht.

Eine Frau in einer cremefarbenen Seidenbluse öffnet die Tür des Sprechzimmers. Sie reicht mir die Hand.

«Nehmen Sie bitte kurz auf dieser Liege Platz.»

Routiniert zieht sie von einem Rollenhalter eine Bahn Papiertuch über die Untersuchungsliege. Kurz bevor die Tür zufällt, höre ich jemanden rennen.

«Darf ich mit rein?»

Ich drehe mich um, Nico steht in der Tür.

«Auf keinen Fall», antwortet die Ärztin.

«Auch nicht, wenn sie es will?» Nico wendet sich mir zu.

«Was sagen Sie?» Die Ärztin schaut mich fragend an.

«Gut.»

Es ist mir völlig egal, ob Nico dabei ist. Ich lege mich hin, die Ärztin nimmt ein Untersuchungsinstrument mit einem Lämpchen am schmalen Ende und schiebt es in meine Nase.

«Und wie geht's dir?», fragt Nico. Sie hat sich auf den Stuhl der Ärztin gesetzt.

«Schlecht.»

«Siehst aber wirklich nicht so aus, nur anders.»

Ich möchte in einen Spiegel schauen, ist mir etwas entgangen?

«Verspielter, ich seh's an deinen Augen.»

«Ich will immer noch sterben.»

«Nicht, wenn ich dabei bin, okay? Ich fänd's supereklig, das mitanzusehen.»

«Können Sie einmal tief ausatmen?»

Ich atme tief aus.

«Hast du dich schon irgendwie verändert?», fragt Nico.

«Ich hab aus einer Kloschüssel getrunken.»

«*Sick*. Bist du krank geworden?»

«Nein.»

Zum ersten Mal wundere ich mich selbst darüber. Warum bin ich nicht krank geworden?

«Das heißt doch, dass sie sich verändert, oder, Frau Doktor?»

«Ihre Lunge hat sich tatsächlich bereits angepasst, aber um alles Übrige zu kontrollieren, müsste ich Fotos machen lassen.»

Die Ärztin geht zu ihrem Schreibtisch. Nico gibt den Stuhl frei und schaut mit auf den Monitor.

«Aufnehmen können wir Sie frühestens in zwei Wochen. Es hat keinen Sinn, Fotos zu machen, wenn ich Sie doch nicht früher unterbringen kann. Von den Gästezimmern für Begleitpersonen ist im Augenblick keins frei.»

«So halte ich es nicht mehr aus.»

«Ich habe Sie schon ganz oben auf die Warteliste gesetzt. Sollte doch früher ein Platz frei werden, nehmen wir Kontakt mit Ihnen auf, aber rechnen Sie nicht damit.»

«Wow, das sind echt gute Neuigkeiten.»

Nico geht vor mir her auf den Flur hinaus.

«Ja», sage ich.

«Das sind megakrasse Neuigkeiten. Denn dann bist du in zwei Wochen schon mit den anderen zusammen. Und dann geht's echt schnell. Besser, du bist noch eine Weile Mensch und kannst alles, was du noch tun wolltest, tun. Haha, voll hässlicher Satz. *Enniweh*, mach dir keine Sorgen.»

«Warum verändern sich meine Organe schneller?»

«Keine Ahnung. Es ist bei jedem anders.»

«Kann ich jetzt schon wissen, was für ein Hund ich werde?»

«Stell dir nicht so viele Fragen. Geh einfach nach Hause und erledige alles, was du noch erledigen musst. Das ist das, was jetzt zu tun ist. Du hast die Anleitungen, die helfen dir weiter. Es gibt verschiedene Möglichkeiten, Abschied zu nehmen, ich würde mich immer für Offenheit entscheiden.»

Abschied
Für Ihre Angehörigen und Freunde wird Ihre Entscheidung möglicherweise ein schwerer Schlag sein. Was Ihnen selbst als einzig richtig erscheint, kann aus der Perspektive Ihrer Nächsten völlig anders aussehen, dessen sollten Sie sich bewusst sein. Versuchen Sie deshalb alle Fragen angemessen zu beantworten. Gönnen Sie nahestehenden Menschen Zeit, sich an die Vorstellung Ihrer Transformation zu gewöhnen, und warten Sie nicht zu lange, bevor Sie sie von Ihrem Vorhaben in Kenntnis setzen. Je mehr Zeit Ihren Lieben dafür bleibt, sich auf das Kommende einzustellen, desto leichter fällt es ihnen, es

schließlich zu akzeptieren, das wissen wir aus Erfahrung.

Schon während ich die Praxis verlasse, bin ich mir sicher, dass genau dies für mich nicht infrage kommt. Es wäre zu verletzend. All die lieben Menschen haben sich so viel Zeit für mich genommen. Ich kann ihnen nicht sagen, dass alles umsonst gewesen ist, dass ihre Süppchen mich nicht gestärkt haben, dass ihre Arme mich nicht oft genug halten konnten, dass ihre Versuche, mich zum Lachen zu bringen, letztlich vergebens waren. Ich werde ihnen etwas anderes erzählen. Ich werde sagen, dass ich wegziehe, irgendwohin, wo es mir besser gehen wird, wo ich mich nie zurückhalten muss. Und das stimmt ja sogar. Bis dahin ist es nicht gelogen. Wenn ich ihnen erzähle, dass ich nach Portland gehe, werden sie mir glauben. Viele Schriftsteller zieht es in diese Stadt. Im ersten Jahr will ich auf keinen Fall Besuch haben, werde ich sagen, ich möchte dort erst einmal heimisch werden, ganz neu anfangen. So werde ich mich allmählich aus ihrem Leben herauslösen, bis sie mich nicht mehr so sehr vermissen. Sie werden in der Kneipe über mich sprechen und sich fragen, was ich wohl tun würde, wenn ich jetzt hereinkäme, und dann werden sie Bier bestellen und sich gegenseitig fragen, was sie am Königstag vorhaben. So wird der Schlag so sanft wie möglich sein, wie du ihn mir nicht gegönnt hast. Vielleicht begegne ich ihnen irgendwann in der Stadt, dann blicke ich zu ihnen auf und hoffe sehr, dass sie mich süß finden.

Erst viel später ist mir bewusst geworden, dass du bei unserem letzten gemeinsamen Essen kein Foto gemacht hast. Im Restaurant. Kein Foto. Sonst hast du jedes Mal, wenn wir zusammen essen gingen, dein Smartphone genommen und mich fotografiert. Du hattest einen speziellen Ordner für diese Bilder. Es müssen Hunderte gewesen sein, vielleicht noch mehr.

Manchmal hast du einen Scherz darüber gemacht: «Für meinen Blog. *Eating with Flauf.*»

Ich musste dich nie daran erinnern, manchmal fiel es dir erst beim Nachtisch ein, wenn ich den letzten Löffel Tiramisu in den Mund schob, aber vergessen hast du es nie. Oft haben wir uns die Bilder auf meinen Wunsch hin gemeinsam angesehen. Dann lag ich im Bett mit dem Kopf auf deiner Schulter, während du dich langsam durch den Ordner gewischt hast. Ich sah mich älter werden, glücklicher, lieber, sanfter. Mal blickte ich in die Kamera, mal ein paar Zentimeter darüber hinweg, dann schaute ich dir in die Augen. Irgendwie fand ich es auch klischeehaft. Ich stellte mir schon ein BuzzFeed-Posting vor: *Boyfriend takes a picture of his girlfriend every time they date for five years.* Aber das war mir egal. Mehr noch: Je klischeehafter, desto besser, dachte ich, schreib ruhig so eine Story und schick sie an BuzzFeed. Sogar von unserem allerersten gemeinsamen Essen hattest du ein Foto. Als wir zum ersten Mal wirklich etwas zusammen unternahmen. Du wolltest mit mir Poffertjes essen, an einem Montag. Bis zum Wochenende konnten wir nicht warten. Das einzige infrage kommende Restaurant, das montags geöffnet hatte, war The Pancake Bakery, ganz auf Touristen eingestellt, die einmal holländische Pfannkuchen probieren wollten, groß und dick. Du fragtest die Kellnerin, ob wir die sechs Portionen Poffertjes, die wir bestellten, auf einem großen Teller bekommen könnten. Es war ein riesiger Stapel, triefend von Butter. Kichernd stopften wir alle in uns hinein. Auf dem Foto sehe ich etwas unentschlossen aus, ein kleines Lächeln im linken Mundwinkel. Ich hoffe immer noch, dass du einen Account anlegen wirst, nicht für diese Fotos, sondern für mich. Ich weiß noch nicht, was ich sein werde. *OneHappyMaltese, BorderCollieWithoutaCause, MiniaturePoodleofAmsterdam.*

Ich will, dass die ganze Welt sieht, wie sehr du mich liebst.

Kräftige Haare wachsen auf meinen Unterarmen, hart und borstig. Schon zig Hunderassen kann ich abhaken. Ich werde kein Dalmatiner, kein Afghanischer Windhund, kein Langhaardackel oder -chihuahua. Damit kein Missverständnis aufkommt: Ich hätte gar nichts dagegen, ein langhaariger Chihuahua zu werden. Diese Hündchen werden unterschätzt. Fremden gegenüber können sie ein wenig aggressiv wirken, manchmal kläffen sie Unbekannte heftig an, aber im Umgang mit ihren Herrchen oder Frauchen sind sie unglaublich brav. Ich bin auf dem Weg, es dauert jetzt nicht mehr lange. Hoffentlich hat man inzwischen schon Kontakt mit dir aufgenommen. Ich komme zu dir zurück. Ich werde dich besser lieben als je zuvor.

Haftungsausschluss
Leider können wir nicht garantieren, dass jede Transformation gelingt. Sollten Sie über eine frühe Phase nicht hinauskommen, übernehmen wir keine Haftung, weder für das Nichtgelingen oder teilweise Nichtgelingen Ihrer Transformation noch für etwaige Komplikationen, die während des Übergangs auftreten können.

Ich habe eine dreifache Dosis eingenommen, damit ich ohne Komplikationen reisen kann. In der vergangenen

Woche habe ich das Haus nicht ein einziges Mal verlassen. Bevor meine Freunde kamen, um sich zu verabschieden, habe ich mich rasiert, bis ich so glatt wie ein Delfin war. Sie haben mir meine Geschichte geglaubt und verständnisvoll genickt. Niemand hat eine Bemerkung über meine Nase gemacht. Weinen konnte ich nicht. Ich kann überhaupt wegen nichts anderem weinen. Ich habe noch versucht, an dich zu denken, um ein paar Tränen hervorzulocken, aber nicht einmal das hat geholfen. Alles kommt immer näher, und ich empfinde vor allem Aufregung.

An einer Haltestelle steigt eine Frau mit einem Wollschal um den Kopf in den sonst leeren Bus. Nach einem scheuen Blick auf den Fahrer watschelt sie eilig nach hinten. Sie setzt sich auf die Bank vor mir. Ihre Augen sind pechschwarz, ich sehe keine Iris und nichts Weißes. Aus ihrem Inneren ist ein rollender Laut zu hören. Ich beuge mich etwas vor und höre sie nun deutlich knurren. Als ich vor Schreck zurückzucke, dreht die Frau sich um und erschrickt vor mir. Sie springt auf die Bank und bellt mich an. Der Schal rutscht ihr vom Kopf, und zwei spitze Stehohren kommen zum Vorschein, stramm aufgerichtet.

«Wenn ihr euch da hinten nicht benehmen könnt, ist es das letzte Mal, dass ich zu diesem Zentrum fahre, ist das klar?», tönt es aus den Lautsprechern.

«Entschuldigung», rufe ich nach vorn.

Die Frau hebt ihren Schal auf und legt ihn beschämt über ihre Ohren, die sie dabei hinunterdrückt.

«Mein Sprechen schon nicht mehr da», nuschelt sie

und schaut mich forschend an. «Viel Prozent ich, hoch ist viel.»

Erst jetzt fällt mir auf, dass ihr Mund bereits zu einer spitzen Schnauze wird. Ihre Lippen können die Wörter nicht mehr richtig formen.

«Nicht wohl Bus. Hause.»

Wir verlassen den letzten Außenbezirk, Bäume sausen vorüber. Das Laub zittert, wenn wir vorbeifahren, etwas verändert sich.

«Ist es noch weit?»

«Nein.»

Sie streckt den Arm aus und zeigt nach links, dann drückt sie ihren Kopf an die Scheibe, das Glas beschlägt von ihrem Atem. Aus ihrer Aufregung wird Begeisterung. Wieder wirft sie den Kopf zurück und bellt.

«Psch, sei still, wenn es geht.»

Ich höre das Klicken der Sprechanlage.

«Sie ist schon still, Entschuldigung.»

Die Frau zieht ihren Schal noch etwas strammer.

«Willst du ein Medazepam?»

«Viel Prozent ich.» Sie schüttelt heftig den Kopf.

«Wirkt es nicht mehr?»

Zwischen den Bäumen taucht ein Gebäude auf. Einstöckig, mit einem Maschendrahtzaun davor. Der Bus kommt ruckelnd zum Stillstand. Die Frau schnellt hoch und watschelt zum Ausgang. Sobald die Türen einen Spalt offen sind, zwängt sie sich hindurch. Draußen lässt sie sich auf die Hände fallen und rennt auf allen vieren zum Tor, der Schal löst sich flatternd von ihrem Kopf.

«Auschecken», ruft der Busfahrer, ohne die Sprechanlage einzuschalten, «immer wird hier das Auschecken vergessen.»

Brav halte ich meine Chipkarte vor den Scanner, bevor ich aussteige. Erst als der Bus wegfährt, sehe ich, dass Dutzende von Hunden auf die Frau zulaufen, am Zaun hochspringen und sie mit ausgelassenem Bellen begrüßen. Eine Frau kommt ans Tor, öffnet es und hält mit einem Bein die Hunde zurück. Der Neuankömmling rast weiter, die Hunde rennen mit.

«Sie sind noch nicht sehr weit», sagt die Frau lächelnd.

Ich krempele die Ärmel hoch.

«Sie brauchen hier nichts zu beweisen.»

«Ich werde vorzeitig aufgenommen.»

«Sie sind hier, das sagt genug, kommen Sie bitte mit.»

Der Kontrast zwischen dem schlichten Flachbau und seiner Umgebung ist auffällig. Rasen, so weit das Auge reicht, in der Mitte ein Teich, davor eine Schlammpfütze, in der sich mehrere Hunde wälzen, weiter weg ein paar Rasensprenger, nach deren Wasser man schnappen kann, links Sprungbretter, ein Hundeparcours. Vor dem Gebäude eine lange Reihe von größeren und kleineren Trinknäpfen, an Hunde aller Formate wird gedacht. Das Medazepam wirkt offenbar immer noch, sonst wäre ich längst zu der Schlammpfütze gerannt.

«Wie ist es mit dem Sprechen? Fallen schon Wörter weg?»

«Nicht, dass ich wüsste. Spielt das eine Rolle?»

«Nein, nein, es könnte nur Einfluss darauf haben, wie Sie die ersten Tage hier erleben. Die meisten verlieren ziemlich schnell die Fähigkeit, auf menschlichem Niveau zu kommunizieren. Dann bleiben aber noch genug andere Möglichkeiten. *Sie* werden *uns* ohnehin verstehen, und wir sind darauf trainiert, alles zu erfassen, was Sie uns mitteilen wollen. Machen Sie sich also keine Sorgen.»

«Gehen wir jetzt in mein Zimmer?»

«Witzig.»

«Wieso?»

«Sie machen keinen Scherz?»

«Nein, eigentlich nicht.»

«Das Zentrum bietet außer für Begleitpersonen keine Zimmer an, alle bekommen gleich einen Korb in einem Schlafsaal. Am besten gewöhnen Sie sich von Anfang an daran, sonst wird der Übergang später nur schwieriger. Außerdem lassen ja längst nicht alle Herrchen und Frauchen ihre Hunde im Bett schlafen. Sollte das bei Ihnen doch der Fall sein, müssen Sie das als Belohnung sehen und nicht erwarten, dass es zur Gewohnheit wird. Wenn wir unsere Hunde so verwöhnt abliefern würden, hätten wir bald keine Abnehmer mehr.»

Wir betreten einen großen Saal mit mindestens hundert Körben.

«Das ist der Saal für die Hunde, die am wenigsten weit sind, hier schlafen Sie.»

Die Körbe unterscheiden sich nur der Größe und der Farbe der Decken nach, ansonsten sind sie einheitlich. Sie sind leer, bis auf einen kleinen, in dem sich unter der Decke ein Hündchen mit lang gestrecktem Rumpf zusammengerollt hat.

«Das ist Gerard, der schläft viel.»

Aus dem Korb ist ein Seufzen zu hören. «Ihre Annahme geht an den Tatsachen vorbei. Ich schlafe gar nicht viel, ich schlafe nur zu anderen als den gewöhnlichen Zeiten.»

Die Decke bewegt sich, eine Schnauze, die noch wie eine Menschennase aussieht, kommt zum Vorschein. Ich sehe ein Menschengesicht, darunter ist alles Hund, nur der Kopf ist Mensch.

«Außerdem schlafe ich nicht mehr als ein durchschnittlicher Dackel, das möchte ich nur kurz klarstellen.»

«Er kann noch sprechen», sage ich.

«Ja, leider.» Die Menschenfrau lacht schallend.

«Haha, überaus lustig, ja, darf ich vielleicht um etwas Ruhe bitten? Ich versuche, auf meine normale Anzahl Schlafstunden zu kommen.»

«Ich muss jetzt wieder los, Gerard wird Sie weiter einweisen.»

«Ich versuche zu schlafen, habe ich das nicht deutlich genug ausgedrückt?»

Wütend tritt Gerard seine Decke weg und verlässt den Korb.

«Die Trinknäpfe stehen da.»

Sein Gang ist eine Mischung aus kräftigem Ausschreiten und dem Getorkel eines Betrunkenen. Er spricht schnell, aber sorgsam artikuliert.

«Essen wird um sieben Uhr morgens serviert, wenn

man es auch kaum so nennen kann. Und noch einmal um sechs Uhr abends. Das ist schon alles. Entschuldigung, ich möchte weiterschlummern.»

Gerard dreht sich halb um, bleibt aber noch einen Moment stehen.

«Und vergiss nicht, dich zu waschen, wir sind hier viele, und ich lege Wert auf eine gewisse Hygiene. Jetzt würde ich gern in Ruhe gelassen werden.»

Noch schneller trippelt er zu seinem Korb zurück.

«Darf ich noch eine Frage stellen?»

Ich möchte fragen, wo ich mich waschen soll, hoffentlich nicht im Teich. Gerard wirft mir einen wütenden Blick zu.

«Gut, *eine* Frage.»

Eigentlich möchte ich doch etwas anderes fragen. Etwas, das nichts mit praktischen Dingen wie Trinknäpfen, Fütterungszeiten oder Krallenschneiden zu tun hat.

«Zu wem kehrst du zurück?»

Schon während ich sie ausspreche, bereue ich die Frage. Gerards Beinchen scheinen einzuknicken, er kommt mir plötzlich noch kleiner vor. Er senkt den Blick und seufzt tief.

«Ich warte schon drei Jahre.»

Ich starre ihn entgeistert an, natürlich auch, weil er mir leidtut, aber vor allem, weil ich nicht damit gerechnet hatte, dass das Warten so lange dauern könnte. Ich gehe in die Hocke, um mich seiner Ebene ein wenig anzunähern.

«Dieses Gesicht.» Gerard blickt auf, rings um die Augen hat er ganze Fächer von Fältchen. «Dieses Gesicht werde ich nicht los.»

Seine Augen sind leuchtend blau, das Gesicht ist sonnengebräunt, fast ein wenig verbrannt sogar, ich frage mich, ob man hier noch Sonnenschutzcreme verwendet.

«Alle denkbaren Tests hat man schon ausgeführt. Man hat mich in einer Transportbox zu einem Spezialisten nach Deutschland gebracht, der mir Nadeln tief in mein Hinterteil gebohrt und Röntgenaufnahmen gemacht hat, aber letztlich genau wie die Quacksalber hier ratlos war. Man hat mir eine Diät nach der anderen verordnet, noch ekelhafter als das Trockenfutter, das man uns hier vorsetzt. Nichts hilft. Tausende von Halbmenschen habe ich schon kommen und als vollwertige Hunde wieder gehen sehen. Nicht einmal ein Muttermal bleibt, sie sind zu hundert Prozent Hund, sie pinkeln zum Abschied an Laternenpfähle und all das. Nur ich bin immer noch in diesem Übergangsschlafsaal. Ohne Elwin.»

«Was ist Elwin für ein Mensch?»

Gerard tut so, als hätte er die Frage überhört, aber mein Blick lässt ihn nicht los.

«Elwin ist der schönste Mann der Welt. Und der liebste.»

Warum verfallen wir alle in Superlative, wenn wir unsere Geliebten zu beschreiben versuchen? Niemand kann der liebste Mensch auf der ganzen Welt sein, nur für einen bestimmten anderen. Ich könnte auch nicht erklären, was genau mich so sehr zu dir hinzieht, warum du für mich der liebste Mensch der Welt bist, warum ich bei niemand anderem so etwas empfinde, warum ich mich an deinen Hintern kuscheln will und nicht an den eines anderen.

«Nach meiner Knieoperation ist er jeden Tag mit meinen Hunden spazieren gegangen. Wir kannten uns aus dem Fitnesscenter, vom Indoorcycling, er war Trainer, ich Stammgast. Er hatte selbst einen Hund und sagte, es würde ihm bestimmt nichts ausmachen. So fing es an. Jeden Tag stand er pünktlich um halb sieben bei mir vor der Tür und sagte: ‹Da bin ich wieder!›, so fröhlich, dass es schon fast einfältig wirkte, aber genau das mochte ich. Ich konnte mich auf ihn verlassen. Bei meiner Arbeit geht es oft hektisch zu, jeder Tag ist anders. Mein Gott, ich spreche noch in der Gegenwartsform von meinem Beruf. Ich war Strafverteidiger. Wie dem auch sei, über vier Monate lang stand Elwin jeden Abend vor meiner Tür. Erst ganz zuletzt habe ich mich getraut, ihn hereinzubitten. Und dann ist er nicht mehr weggegangen. Tja, bis er dann eben doch gegangen ist. Mein Gott, warum erzähle ich das alles?»

«Weil ich danach gefragt habe.»

«Wohl wahr. Ich vermisse ihn so sehr.»

«Ich vermisse meinen Geliebten auch sehr.»

«Ja?»

Gerard schaut mich hoffnungsvoll an, er kämpft gegen die Tränen.

«Alle hier vermissen jemanden.»

«Na ja, wenn du mich fragst, könnten sie das ruhig ein bisschen deutlicher zeigen. Dieses verzückte Hin-

und-her-Gerenne von der Schlammpfütze zu den Frisbeescheiben oder sonst wohin, den lieben langen Tag, manchmal kann mich das schier verrückt machen. Dann schlafe ich lieber.»

«Wenn du jetzt schlafen möchtest, tu es bitte.»

«Ach, ist schon in Ordnung. Suchen wir einen guten Platz für dich. Du brauchst auf jeden Fall einen Korb Größe L. Die stehen hinten bei den Schnarchern. Du kannst einen Korb doch noch tragen, oder?»

Ich zeige ihm meine Hände.

«Gut, dann hol ihn ganz nach vorn, du kannst neben mir schlafen. Oder schnarchst du?»

«Bisher nie, aber ich weiß nicht, was sich noch alles verändern wird.»

Gerard schiebt mit dem Kinn einen anderen Korb zur Seite.

«Vibeke knirscht im Schlaf mit den Zähnen.»

Ich stelle meinen Korb, in dem eine rosa Decke liegt, neben den von Gerard. Ich hätte Lust, mich auch gleich hinzulegen, dann könnten wir uns vor dem Einschlafen von Elwin und dir erzählen.

Einmal im Jahr haben wir uns gegenseitig gemalt. Wir konnten es beide überhaupt nicht, und gerade deshalb machte es solchen Spaß. Du maltest eine blasse Barbiepuppe mit Riesenbrüsten und ohne die kleinste Spur von Ausdruck, ich malte viel zu detailliert einen alten Mann mit Specknacken. Ich glaube nicht, dass ich in meinem Leben jemals lauter gelacht habe als über diese Gemälde. Manchmal bekam ich noch Tage oder Wochen später plötzlich einen Lachanfall, und du wusstest sofort, woran ich dachte.

«So siehst du mich also?», hast du dann gefragt, scheinbar immer noch empört, dass ich einen Greis aus dir gemacht hatte. Du hast dein Smartphone genommen, das Foto gesucht und auf die unzähligen sorgfältig gesetzten Pinselstriche gezoomt, mit denen ich eine lebensechte Wirkung hatte erzielen wollen. Sie ließen dich aussehen wie mindestens siebzig. Und wieder musste ich so lachen, dass ich mich verschluckte.

«Und was ist mit dir? Soll das hier vielleicht ich sein?»

Ich wischte zu dem Foto von deinem Gemälde. Ich hatte keine einzige Falte und vor allem keinerlei Emotionen, sondern starrte stumpf vor mich hin, nur die beiden Melonen unter meinem Kinn verliehen mir so etwas wie Charakter. Du schütteltest halbherzig kichernd den Kopf.

«***Hier gehe ich gern hin,*** wenn die anderen schlafen.»

Gerard und ich laufen am Teich vorbei in den Wald. Es riecht wundervoll, diesen Geruch kannte ich nur von heißen Bädern mit Kneipp-Öl. Hin und wieder mischen sich Duftmarken hinein, doch je weiter wir in den Wald vordringen, desto seltener werden sie.

«Es ist nicht mehr weit.»

Tagsüber liegt Gerard lange in seinem Korb, aber sobald es Abend wird, findet man ihn dort nicht mehr. Ich passe meinen Schlafrhythmus schon an dich an, damit ich vorbereitet bin. Bei der Untersuchung hat man gesagt, das sei viel zu früh. Die meisten fangen wohl erst in der letzten Woche damit an, wenn feststeht, dass sie bald zu ihrem geliebten Menschen kommen. Ich will mich lieber jetzt schon umgewöhnen. Du schläfst meistens nicht vor zwei Uhr nachts. Wenn du ein Konzert hast, kann es noch später werden, manchmal vier oder sogar fünf Uhr. Ich weiß nicht, ob du mich zu deinen Auftritten mitnehmen wirst und ob ich dann in der Garderobe auf dich warte oder ob du mich vielleicht ausnahmsweise auch auf die Bühne holst. Manche Künstler tun das. *This is my dog Eleanor, she's coming to say hi, she always wants to say hi. Could you say hi back? HIIIIIIIIIIIIIII!* Schlafen bis zwölf oder sogar ein Uhr mittags, das gefällt mir. Du hast oft weitergeschlafen, wenn ich mich im Nebenzimmer an den Computer gesetzt habe. Das war so beruhigend. Jetzt passe ich mich deinem Rhythmus an. Gerade deshalb ist es gut, dass ich Gerard begleite. Bis ich in meinen Korb darf, vergehen noch Stunden.

«Weitere Veränderungen?», fragt Gerard.

Inzwischen wachsen mir am ganzen Körper borstige Haare, meine Nägel sind schwarz, schmal und spitz geworden. Das Barfußlaufen tut schon weniger weh.

«Sieh mal», sage ich und hebe meinen linken Fuß, «das werden doch schon Pfotenballen, oder?»

Gerard betrachtet meine Fußsohle aus der Nähe.

«Danach sieht es aus. Heute ist dein vierter Tag. Ich muss gestehen, dass ich dich beneide.»

«Na ja, allzu bald werde ich wohl nicht weg sein. Bis ich so weit bin, muss sich noch viel tun.»

«Im vergangenen Monat war hier eine junge Dame, erst zweiundzwanzig, die noch langes blondes Haar hatte, als sie ankam. Innerhalb von sechs Tagen hat sie sich in einen Golden Retriever verwandelt, und am Tag darauf wurde sie bei ihrem Menschen abgeliefert. Sechs Tage, mehr nicht, nur sechs Tage. Ich darf nicht zu lange davon sprechen, sonst kommen mir sehr düstere Gedanken.»

Viele Bäume stehen in Blüte, der Duft ist überwältigend.

«Was ist deine Lieblingsjahreszeit?»

«Warum?»

«Nur so.»

«Bevor ich Elwin kennenlernte, war ich nicht gerade

der fröhlichste Mensch auf der Welt. Hättest du mich damals gefragt, hätte ich wahrscheinlich den Winter genannt. Der Frühling weckt Erwartungen. Erwartungen, die der Sommer nie erfüllt, am Ende ist man doch nur enttäuscht. Für den Herbst gilt das Gleiche, es mag sein, dass er noch ein paar schöne Tage bereithält, aber auch die sind letztlich enttäuschend. Im Winter weiß ich, dass es nicht mehr schlimmer wird. Das gibt mir ein Gefühl der Sicherheit. Wenn ich mich damals hätte entscheiden müssen, hätte ich mich für den Winter entschieden.»

Unter meinen Füßen knacken Zweige, Gerard ist viel leichter, er läuft fast lautlos.

«Elwin liebt den Sommer. Seit ich ihn kenne, habe ich gelernt, die Sonne zu mögen. Er hat sich immer von oben bis unten eingecremt, das ganze Badezimmer roch dann noch tagelang nach seiner Sonnencreme. Manchmal haben seine Füße Abdrücke auf dem Parkett hinterlassen, aber das störte mich nicht. Und dann hat er sich auf meiner Terrasse gesonnt, stundenlang. Am späten Nachmittag habe ich mich zu ihm gesetzt. Dann nahm er meine Hand, seine war klebrig und warm, und sagte: ‹Ich will, dass es nie mehr aufhört.› Und ich dachte genau das Gleiche. Mein Leben lang hatte ich Leute gehasst, die eine so innige Beziehung hatten, so klischeehaft, und nun hatte ich das und konnte mir nichts Schöneres vorstellen. Je gewöhnlicher, desto besser. Ich liebe dich, wollte ich ihm ins Ohr flüstern. Erst nach Monaten habe ich tatsächlich den Mut dazu gefunden. Elwin sagte ohne Zögern, dass er mich auch liebte, und mir wurde unendlich warm ums Herz. Wir sind gleich da. Wenn ich erst bei Elwin bin, ist der Sommer wieder meine Lieblingsjahreszeit.»

Vor einem dicken Baumstumpf stehen und liegen unzählige Gegenstände, das meiste davon Abfall, aber liebevoll arrangiert.

«Die hat er sonntags nach dem Training genascht.»

Gerard deutet auf eine Twix-Verpackung, die mit zwei Steinchen beschwert ist, damit sie nicht wegfliegt.

«Das Buch hier habe ich aus den Räumen der Betreuer stibitzt, da findet man nicht viel Gutes, aber es ist ein Thriller, und so etwas mochte Elwin. Dieser Stock ist wichtig. Ich habe seinen Namen eingekerbt.»

Ich wage nicht zu fragen, wie er das geschafft hat, er muss es mit den Zähnen gemacht haben. Mit seinen Pfoten ist nicht viel anzufangen.

Kurz bevor es aus war, haben wir einen Song über einen Stock geschrieben. Ich bin dein Stock, sagte ich, du wirfst mich weg und hebst mich auf. Das klingt gut, hast du gesagt und dein Keyboard näher herangezogen. Nach ein paar Minuten hattest du eine Melodie, und wir haben zusammen gesungen. Ich weiß nicht, wer von uns der Stock war, ich glaube, ich war es. *Ich bin dein Stock, du wirfst mich weg und hebst mich auf. Das ist mir viel zu destruktiv, meine Liebe sinkt dadurch so tief, ich halt das nicht mehr lange aus.* Dass man so etwas zusammen singt, bestimmt fünfzig Mal, und immer noch nicht kapiert, wie nah das Ende ist. So ganz durchschaue ich diesen Mechanismus nicht. Immer versteckt die Zukunft in der Gegenwart Hinweise auf sich selbst. Dass diese so deutlich waren und ich sie trotzdem nicht gesehen habe, kann ich heute kaum glauben. Diesen Song kann ich mir übrigens einfach nicht mehr anhören. Das wird anders sein, wenn ich wieder bei dir bin.

«Das sind nur Bucheckern, nichts, was Elwin ganz besonders mochte, aber in diesem Wald gibt es nicht so viel, was ich für ihn sammeln könnte. Ich kann froh sein, wenn hin und wieder eine Mülltonne umgeweht wird.»

Es ist ein Altar ohne Kerzen. Die anderen Hunde sehnen sich nach ihren geliebten Menschen, Gerard betet seinen an.

Meine Schnauze bildet sich heraus. Heute Morgen konnte ich es spüren. Es ist mein vierzehnter Tag im Zentrum Vormittags schlafe ich weiter, wie ich es mir vorgenommen hatte. Nachmittags versuche ich möglichst viel zu trainieren, ich will für die Zusammenführung fit sein. Nachts gehe ich mit Gerard spazieren. Er erzählt viel von Elwin, und ich erzähle von dir. Immer noch weiß niemand, warum es bei Gerard so lange dauert. Manchmal befürchte ich, dass seine Transformation endgültig zum Stillstand gekommen ist, aber das würde ich nie sagen. Mein ganzes Gesicht fühlt sich anders an, die Nase ist schon komplett schwarz, der Mund irgendwie starr. Heute ist Sonntag, das bedeutet, dass wir Nassfutter bekommen. Ich mag es nicht besonders, die anderen Hunde sind wild darauf. Ich liebe warmes Essen, nicht kaltes, nasses. Dann noch lieber Trockenfutter, das erinnert mich weniger an das Essen, das ich so vermisse. Ich hoffe, dass du wieder für mich kochen wirst. Wer die Behauptung in die Welt gesetzt hat, dass Hunde kein Menschenessen mögen, hat Prügel verdient. Gerard isst am liebsten, wenn die anderen fertig sind, er mag es nicht, sie schlingen zu sehen. Wir warten zusammen ab und essen dann in Ruhe.

«Meine Arme haben sich als Erstes verwandelt, aber

ich habe mich bis heute nicht daran gewöhnt, direkt mit dem Mund zu essen», sagt er.

Vor allem das Nassfutter ist ihm zuwider, weil immer etwas in seinen Mundwinkeln kleben bleibt. Mit den Pfoten bekommt er das nie ganz weg, und er legt doch Wert darauf, gepflegt auszusehen.

«Ihh wead üwem midde ...»

Gerard schaut mich besorgt an. Ist es wirklich schon so weit? Ich kann manche Konsonanten nicht mehr bilden.

«Ihh ...»

Das *ch* kriege ich nicht mehr hin.

«Ihh wead üwem midde mum dsu eschem.»

Auch das *b*, das *n*, das *t* und andere nicht. Die Zunge und die Lippen spielen kaum noch mit. In Gerards Augenwinkeln sammeln sich Tränen. Er wird bald seine neue Freundin verlieren. Ich möchte Mitleid empfinden, aber ich bin nur voller Vorfreude. Es geht schneller, als ich zu hoffen wagte. Vielleicht, weil ich jünger bin als Gerard, der eigentlich zu alt für das Programm ist, er hat sich eingekauft.

«Kannst du wenigstens noch normal denken?»

Ich weiß nicht, wie ich das beurteilen soll, aber ich glaube schon. Ich will immer noch zu dir, ich weiß, dass ich Schriftstellerin gewesen bin und dass Gerard mein Freund ist. Ich nicke. Ich habe noch nicht gebellt, seit ich hier bin, aber ich spüre, dass es nicht mehr lange dauern wird. Beim nächsten Eichhörnchen, vielleicht werden es aber auch Enten sein oder etwas so Blödes wie eine vom Wind hochgewirbelte Plastiktüte.

«Du siehst schon anders aus.»

Gerard blickt kurz auf sein Futter und schaut dann wieder mich an.

«Es ist eine schöne Schnauze, wirklich.»

«Wasch wead ihh? Wasch. Wead. Ihh?»

Ich zeige auf mich selbst.

«Das weiß ich nicht, ich glaube nicht, dass du ein Rassehund wirst, aber das wolltest du ja auch nicht, oder?»

Ein ruhiger Border Collie, wenn es so etwas gibt, wäre ich schon gern geworden. Oder ein Australian Shepherd natürlich. Ich habe dich oft von Mischlingen sprechen hören. Es sieht so aus, als würdest du einen bekommen. Einen rauhaarigen Mischling, der dich hemmungslos liebt.

«Nehmen Sie bitte Platz.»

Seit heute Vormittag laufe ich auf allen vieren. Und zwar, weil einer der Trainer es mir geraten hat. Es könnte den Prozess beschleunigen. Ich habe schon angefangen zu schrumpfen, und wenn ich zu lange aufrecht gehe, tut mir der Rücken weh. Erst jetzt sehe ich, dass Nico im Zimmer ist. Ich springe auf den Stuhl.

«Darf ich es ihr sagen?», fragt Nico die Beraterin.

«Bitte.»

«In einer Woche darfst du schon zu ihm!»

«Wenn Sie weiterhin solche Fortschritte machen», ergänzt die Beraterin, wendet sich Nico zu und sagt: «Und sprich Klienten immer in der Höflichkeitsform an.»

«Aber es stimmt! Ihr Geliebter ist schon mit allem einverstanden, wir mussten gar nichts weiter machen.»

«Verzeihen Sie, unsere Juniorberaterin ist noch in der Ausbildung.»

«Ihr Geliebter ist einverstanden, und wenn Sie sich so weiterentwickeln wie bisher, findet in einer Woche die Zusammenführung statt», sagt Nico in sachlichem Ton.

Plötzlich spüre ich am unteren Ende meiner Wirbelsäule etwas Merkwürdiges. Einen stechenden Schmerz, der mich aber sehr fröhlich macht. Der Schmerz hält an, ich will nachsehen, was los ist, bin aber noch nicht beweglich genug dafür. Ein noch heftigerer Stich, dann ein Prickeln im ganzen Körper, die Haut über meiner Gesäßspalte reißt auf. Ich betaste die Stelle mit den Ballen meiner rechten Vorderpfote, die gerade noch sensibel genug sind: Der Ansatz einer Rute ragt heraus. Ein Tropfen Blut wird vom Polster des Bürostuhls aufgesaugt.

«Das macht nichts», sagt die Beraterin, «Ihr Transformationsprozess verläuft genau den Erwartungen entsprechend. Sie werden ein Prachtexemplar von Hund.»

«Dürfen wir ihr schon sagen, was für einer? Ich weiß, dass sie das gern wissen würde.»

«Wir hatten angenommen, dass Sie ein Mischling werden würden, eine Kreuzung zwischen verschiedenen kleineren Rassen. Inzwischen sieht es aber eindeutig so aus, als würden Sie doch reinrassig werden. Ein Cairn Terrier. Eine lebhafte Rasse, sehr treu, diese Hunde können siebzehn Jahre und älter werden. Auf zu einem schönen Leben bei Ihrem geliebten Menschen!»

Ich möchte sagen, dass ich es nicht mehr erwarten kann, dass ich alle meine Freunde und Bekannten anrufen möchte, dass ich mich im Gras wälzen will, bis mein Fell dessen Geruch angenommen hat, doch stattdessen belle ich. Laut und hoch.

«Bring sie mal raus», sagt die Beraterin.

Ich springe vom Stuhl, ich kann beinahe spüren, dass ich wieder ein wenig schrumpfe. Als würde mein Körper die guten Neuigkeiten gleich in weitere Fortschritte umsetzen.

«Freust du dich?»

Ich belle zu Nico hinauf, während wir zusammen den Raum verlassen. Bellen fühlt sich wunderbar an, als könnte ich jetzt alles, was ich nie zu sagen wagte, auf einmal loswerden. Ich bin hier, und alle dürfen es hören. Ich belle lauter und rasch hintereinander.

«Ist ja gut, du freust dich, ich verstehe.»

Nico geht in die Hocke und krault mich im Nacken. Es ist ein himmlisches Gefühl, und zum ersten Mal wage ich mir vorzustellen, wie es sein wird, wenn du mich streichelst. Ich habe dich oft Hunde streicheln sehen, kann mich aber nicht mehr genau erinnern, wie du das gemacht hast, es ist zu lange her. Aber ich bin mir sicher, dass es äußerst angenehm sein wird, du hast fast keine Fingernägel, weil du sie abkaust.

«Ich werde dich vermissen.»

Ich drücke meinen Kopf an ihre Beine. Ich werde sie auch vermissen.

«Bestimmt begegne ich dir manchmal.»

Ausgelassen renne ich zum Teich.

Es ist dunkel, die meisten Hunde liegen schon in ihren Körben. Man hat mich in den Schlafraum für die Klienten im letzten Stadium verlegt, alle anderen Hunde hier sehen wie Hunde aus, ohne menschliche Züge. Bei mir sieht man noch ein wenig Haut, ich laufe noch etwas merkwürdig, und meine Schnauze muss noch ein klein bisschen spitzer werden, aber das ist alles. Du würdest mich für einen ganz normalen Hund halten. Ich bin müde, gehe aber trotzdem raus. Gerard wartet schon auf mich, ich habe ihn heute noch nicht gesehen.

«Warum hat das so lange gedauert?»

Mir war gar nicht bewusst, dass ich spät dran bin. Ich schaue zu der Uhr über der Tür hinauf, aber ich kann wenig damit anfangen.

«Ist es schon so weit?»

Ich belle Gerard an. Ich bin hier, ich existiere.

«Es kann jetzt sehr schnell gehen, ich habe das oft genug erlebt.»

Gerard läuft in sicherem Abstand am Teich vorbei, damit seine Pfoten nicht nass werden. Er legt Wert auf einen sauberen, frisch duftenden Korb, einmal pro Woche breitet er seine Decke in der Sonne aus. Die anderen Hunde jaulen, wenn Waschtag ist, Gerard freut sich darauf.

«Du weißt, dass bald nichts mehr von dem übrig ist,

was dich ausgemacht hat? Hast du dein Sprachvermögen schon ganz verloren oder hast du heute Abend nur keine Lust zu reden?»

Ich laufe etwas näher neben ihm her, ich werde nicht versuchen zu sprechen, es würde ihn nur enttäuschen.

«Es gab wohl gute Neuigkeiten bei deinem Beratungsgespräch.»

Der Wald ist bedrohlicher als sonst, das Dunkel noch dunkler.

«Ich will dir keine Angst machen, aber es wird nicht mehr lange dauern, bis sich auch deine menschlichen Gedanken verflüchtigen. Dann wünschst du dir nur noch irgendein Spielzeug, ein Kaninchen, das du verfolgen kannst, einen Spaziergang in den Dünen mit deinem ... na ja, du weißt schon. Du kannst dann keine Gespräche mehr führen, nicht einmal mehr auf akzeptablem Niveau mitdenken. Von deiner Ratio bleibt nichts übrig. Dann bist du nichts als ein Hund mit einem Hundegehirn.»

Ich schaue Gerard an, der vor sich hin redet, er scheint nicht zu begreifen, dass ich mich nach dem sehne, was er beschreibt. Ich lege keinen Wert mehr auf meine Gedanken, monatelang haben sie mich gequält, haben in mir die Angst geschürt, dass mich nie wieder jemand lieben wird, haben mich auf den Badezimmerfliesen kleben lassen. Weg mit allen Gedanken.

Gerards Altar schimmert, das Mondlicht lässt die Twix-Verpackung glänzen. Neben Elwins Stock steckt ein neuer im Waldboden, noch spitzer und frisch geglättet. Gerards Name ist in das Holz gekerbt. Mit einer Pfote gräbt Gerard in der Erde, ich wage nicht, ihn anzusehen. Am Fuß des Altars liegen zwei Fotos. Ich erkenne Gerard sofort, er sieht um einiges jünger aus, seine Schultern sind noch gerade, sein Anzug ist dunkelblau und hat den perfekten Schnitt. Elwin hatte ich noch nie gesehen, er ist ein bisschen schmaler, als ich ihn mir vorgestellt hatte, aber sein Hals und seine Oberarme verraten, wie muskulös er ist. Ein junger Mann mit etwas dunklerer Haut und breiter Nase, seine Augen sind sanft und leuchtend hellblau. Er ist vermutlich noch keine dreißig. Natürlich kann es auch ein altes Foto sein.

«Vielleicht kommt irgendwann einmal jemand hier vorbei.»

Ich weiß genau, dass er mit «jemand» Elwin meint. Die Waldluft ist heute Nacht ungewöhnlich kalt, sie verursacht ein stechendes Gefühl in meiner Nase. Endlich wage ich Gerard wieder anzusehen. Sein Blick ist auf die beiden Stöcke gerichtet, ganz behutsam drückt er sie mit seiner spitzen Menschennase ein wenig aufeinander zu, bis sie sich berühren.

«Damit muss es gut sein. Ich hoffe, dass auf dich eine bessere Zukunft wartet.»

Gerard schnieft. Etwas in mir bahnt sich durch meine Kehle und Schnauze den Weg ins Freie. Ein Heulen. Es scheint gar nicht aus mir selbst zu kommen, sondern von viel weiter weg, als wäre es dort irgendwo versteckt gewesen. In der Erde, tief unter der Oberfläche. Ich jaule, ich heule den Mond hoch über mir an.

Ich fühle, dass Gerard mich ansieht, dass er mich eigentlich zur Ruhe mahnen will, damit ich die anderen nicht aufwecke. Es gehört sich nicht, man tut so etwas nicht. Aber es ist größer als ich. Alles wird größer sein als ich, wenn ich meine menschlichen Eigenschaften nach und nach verliere. Plötzlich höre ich neben mir eine Art Schrei. Gerard hat sein Gesicht zum Mond erhoben, ein seltsam hoher Ton mit einem leichten Beben oder Vibrato entsteigt seiner Kehle. Sofort stimme ich ein. Gemeinsam heulen wir im Gedenken an das, was nicht sein durfte. Vielleicht hört uns Elwin, vielleicht auch du, wahrscheinlich nicht. Noch nie habe ich mich so mit allem verbunden gefühlt. Ich spüre die Erde zwischen meinen Pfotenballen, die kalte Luft in meiner Kehle. Ich heule den Mond an, weil ich lebe und weil leben manchmal wehtut.

Seit ich hier bin, habe ich noch nicht so gut geschlafen wie vergangene Nacht. Den Mond anzuheulen macht richtig schön müde. Und vielleicht wird mir das Aufwachen zwischen den Hunden noch fehlen. Sie gähnen so süß. Neben mir liegt eine Zwergpudelhündin, die wie ein explodierter goldgelber Fellball mit Knopfaugen aussieht. Ihre morgendlichen Schmatzgeräusche finde ich rührend. Als müsste sie sich jeden Morgen erst wieder an ihre neue Lebensform gewöhnen, was vermutlich auch so ist. Ich fühle mich in meinem neuen Körper wohler. Während ich das Hinterteil hebe, strecke ich die Vorderbeine so weit wie möglich vor, ich reiße die Schnauze auf, und die Spitze meiner langen Zunge rollt sich elegant aufwärts. Ich will zu Gerard und ihn fragen, ob wir diese Nacht wieder an seinem Altar jaulen können. Ich renne durch den großen Schlafsaal. Einige Hunde gähnen sich wach, andere schnarchen noch oder zucken im Traum mit den Pfoten. Wie ich erwartet habe, liegt Gerard noch in seinem Korb, der behaarte Hundekörper ordentlich zugedeckt, der Kopf frei. Ich stupse ihn mit der Nase in den Rücken. Ein paar neue Menschhunde wachen auf.

«Ich kann mich nicht an diesen Korb gewöhnen», sagt eine Frau, die sich auf die Hinterbeine gestellt hat, sie hat lange blonde Haare an Armen und Beinen.

«Es geht, aber warum müssen es so harte Körbe sein?», erwidert eine Frau mit Knopfaugen und Rundrücken.

«Sehr ärgerlich. Da bezahlt man so viel und bekommt nicht mal ein ordentliches Bett.»

Ich stupse Gerard noch einmal an. Ich will das Gerede dieser Frauen nicht mehr hören.

«Mir ist schon klar, dass wir irgendwann in Körben schlafen müssen, aber das ist doch momentan noch eine Zumutung.»

Ich berühre ihn sanft mit der Pfote am Hals. Erst jetzt fällt mir auf, wie blass er aussieht, seine gebräunte Haut ist grau. Ich stupse ihn noch einmal mit der Nase, diesmal in die Rippen, und drücke mit beiden Vorderpfoten gegen seine Brust.

«Ich werde doch mal jemanden darauf ansprechen.»

«Tu das. Das ist dein gutes Recht.»

Ich will, dass Gerard aufwacht, ich will jaulen wie vergangene Nacht, bringe aber keinen Ton heraus, ich will die Frauen beißen. Stattdessen renne ich aus dem Schlafsaal hinaus und zum Sprechzimmer und werfe mich gegen die Tür. Und noch einmal. Und noch einmal, mit mehr Wucht, die Tür fliegt auf, im letzten Moment halte ich mich davon ab, ein viertes Mal zu springen. Die Betreuerin schaut mich verwundert an.

«Was ist denn jetzt los?»

Einen Moment starre ich ihr in die Augen, dann renne ich zurück zum Menschhundeschlafsaal. Zum Glück ist sie geistesgegenwärtig genug, mir zu folgen.

«Ah, gut, dass Sie kommen», sagt eine der beiden

Frauen und hebt die Hand, «wir hätten da einen kleinen Verbesserungsvorschlag.»

Ich renne weiter zu Gerards Korb, die Betreuerin ignoriert die beiden Frauen und läuft hinter mir her. Sie hockt sich hin und zieht ungeschickt ein Telefon aus der Hosentasche.

«Bitte alle sofort in den ersten Schlafsaal kommen ... Alle. Vor allem Jan.»

Sie lässt ihr Smartphone auf den Boden fallen. Andere Betreuerinnen kommen angerannt, die beiden Frauen weichen ihnen erschrocken aus.

«Das ist noch nie vorgekommen.»

Ein Mann, der vermutlich Jan ist, betritt im Laufschritt den Saal.

«Alle müssen raus, ich brauche Platz.»

«Sie kann bleiben», sagt die erste Betreuerin, während sie zu mir hin blickt.

Alle Menschhunde sind inzwischen aufgewacht und laufen, von den Betreuerinnen begleitet, in Richtung Ausgang, die beiden Frauen folgen.

«Na, das ist ja nun nicht die beste Reklame», sagt die eine im Hinausgehen.

Jan hat sich hingehockt und zwei Finger an Gerards Hals gelegt.

«Wie alt war er?»

«In Menschenjahren dreiundsiebzig, in Hundejahren sechzehn.»

«Bisher keine Krankheiten oder Beschwerden?»

«Nein, nichts, seine Transformation hat schon seit Jahren stagniert, aber sonst war alles in Ordnung.»

Die erste Betreuerin hebt Gerard hoch. Seine Beine hängen schlaff herunter, bei jeder Bewegung der Frau schlenkern sie hin und her.

«Das machen wir nie wieder», sagt eine andere.

Ich weiß, was sie meint. Dass Gerard sich eingekauft hat, war gegen die Regeln. Normalerweise nehmen sie keine Menschen über sechzig in das Programm auf. Elwin wird niemals wissen, wie sehr Gerard ihn noch geliebt hat, es sei denn, er würde einen Spaziergang durch diesen Wald machen.

Ich setze mich in seinen Korb, der nach ihm riecht. Der sauberste Korb von allen, die Decke noch mit dem Aroma von Sonnenwärme. Gerard hat aufgegeben, ich hätte es ahnen können, als wir gestern vor dem Altar standen. Aber der Gedanke, dass dieser zweite Stock, diese Fotos das Ende bedeuteten, kam mir einfach nicht. Vielleicht war ich ein weiterer Freund, von dem er sich bald hätte verabschieden müssen, und er wollte das einfach nicht mehr erleben. Ich weiß nicht, wo man Gerard begraben wird, ich hoffe, in der Nähe seines Altars.

Ich schlafe viel, seit Gerard tot ist. Am liebsten würde ich ununterbrochen schlafen, nur erinnert mich das zu sehr an die erste Zeit, nachdem ich dich verloren hatte, und daran will ich nie mehr zurückdenken. Weniger ausführlich als sonst recke ich mich mit erhobenem Hinterteil. Draußen riecht es anders. Aus einiger Entfernung kommt etwas auf mich zu gerannt. Ich wittere Nico, die übertrieben süße Duftnote ihres Parfüms, unter der ich noch ihren Schweiß wahrnehmen kann. Unmittelbar vor mir geht sie in die Hocke.

«Ich will dich noch einmal in den Arm nehmen.»

Ich muss mich konzentrieren, um sie zu verstehen, das war mir bisher nicht aufgefallen. Was meint sie mit noch einmal?

«Ich freu mich so für dich.»

Ich schaue sie verständnislos an.

«Du weißt doch, dass du uns heute verlässt?»

Sie dreht mit einem Finger eine Locke in ihr Haar und krault mich anschließend hinter den Ohren.

«Du gehst heute weg! Heute ist der große Tag!»

Ich lasse mich spielerisch auf die Seite fallen. Ist das wirklich wahr?

«Sie haben dir gestern noch alles erklärt. Du wirst gleich mit unserem Transporter abgeholt und dann abgeliefert.»

Ich kann mich gar nicht daran erinnern, aber das ist mir egal. Vielleicht ist das tatsächlich der Anfang von dem, worüber Gerard gesprochen hat. Das große Vergessen. Ich werde meinen Menschenverstand vergessen und mir nie wieder Sorgen wegen all der Dinge machen, über die ich mir sowieso nie Sorgen machen wollte. Keine Ängste mehr, weil ich meine Bürger-Chipkarte verschlampt habe, keine Panik wegen meiner prekären Freiberuflerinnenexistenz, der ewigen Ungewissheit, ob ich im laufenden Jahr genug verdienen werde, kein nächtliches Zähneknirschen, weil ich aus Versehen etwas Unfreundliches zum Direktor der Niederländischen Literaturstiftung gesagt habe, keine Angstanfälle, weil ich Zahnschmerzen habe, aber im Dezember, um an der Krankenversicherung zu sparen, die zahnärztlichen Leistungen gekündigt habe – nichts von alledem. Ich werde Hund, ganz und gar Hund, dein Hund. Und bekomme eine schöne Leine und einen nagelneuen Korb.

Nico streichelt mit der flachen Hand meinen Bauch. Plötzlich ist mir das zuwider, ich wälze mich von ihr weg. All dies will ich für dich aufbewahren. Ich drehe mich einmal um mich selbst und belle.

«Ich kenne schon deinen neuen Namen.»

Sie geht weg.

«Aber ich verrate nichts.»

Während sie aus meinem Blickfeld verschwindet, denke ich an dein Bett. Lässt du mich auf deinem Bett liegen? Hier hat man mich darauf eingestimmt, dass ich nicht unbedingt in Herrchens Bett werde schlafen dürfen, aber wer weiß ... Ich hoffe, dass du das nicht von vornherein ausschließt. Am Ausgang stehen vier andere Hunde aus meinem Schlafraum.

Ein weißer Kleintransporter fährt vor, die Hunde springen am Zaun hoch.

«Hiiiiierheeeer», ruft eine der Betreuerinnen.

Ich trabe zu den anderen hin. Ist das der große Moment? Brauche ich nichts? Bleibt mein Korb hier, und die Decke? Muss ich Trockenfutter mitnehmen oder ist schon welches da? Lauter Dinge, über die ich mir eigentlich keine Gedanken machen dürfte. Ich will noch ein letztes Mal in den Spiegel schauen. An der Hauswand ist ein großer Kunststoffspiegel montiert, das Bild ist etwas verzerrt, aber besser als nichts. Bei jedem Blick in diesen Spiegel habe ich etwas Neues entdeckt, mal waren an den kahlen Stellen raue Haare gewachsen, mal waren meine schwarzen Nägel noch etwas länger geworden. Jetzt ist es meine Nase, sie ist nun völlig symmetrisch, nicht allzu spitz, eher rund und freundlich. In meinen Augen ist das Weiße völlig verschwunden, zwei schwarze Knopfaugen starren mich an. Ich möchte mein Abbild anspringen und tue es auch.

«Hiiiiierheeeer, lass den Spiegel in Ruhe!»

Nun muss ich wirklich gehorchen. Ich trabe zu dem Transporter und sehe, dass die anderen schon eingestiegen sind. Auf der Ladefläche stehen fünf Transportboxen, vier davon besetzt, die Gittertüren geschlossen.

«Na komm, es ist auch nicht für lange.»

Ich springe in den Laderaum und in den freien Käfig. Die anderen trippeln in ihren Boxen nervös hin und her.

«Ih harrr Arrrrs», tönt es aus einer der Boxen.

Kann er wirklich noch sprechen? Ich dachte, man dürfte das Zentrum grundsätzlich nicht verlassen, solange man noch ein bisschen sprechen kann. Ich habe vor einer Woche zum letzten Mal etwas halbwegs Verständliches herausgebracht. Meine Gedanken sind weiterhin ziemlich klar, leider, ich wollte, sie würden auch verschwinden. Manchmal vergesse ich Dinge, und wenn jemand spricht, muss ich mich sehr darauf konzentrieren, aber das hatte ich schon als Mensch hin und wieder.

«Ih harrr Arrrrs.»

Ich versuche, den Hund durch die Gitter hindurch zu sehen, seine Box steht gleich neben meiner. Und ich belle so beruhigend, wie ich kann, nur dass sich das Beruhigende vermutlich nicht so klar ausdrückt. Aber wenigstens wird es still im Laderaum, und es ist wohl auch besser, wenn der Fahrer nicht hört, dass einer der Hunde noch sprechen kann. Ich weiß nicht, ob ich Angst habe. Nervös bin ich, ganz eindeutig furchtbar nervös, und ich fühle mich nackt. Ich *bin* buchstäblich nackt; wenn ich dir als Mensch wiederbegegnen würde, hätte ich Stunden oder gar Tage damit zugebracht, mich schön zu machen. Jetzt könnte ich nur mein Fell glatt lecken wie eine Katze, was sollte ich sonst tun. Aber ich habe mir seit der Ankunft im Zentrum die Zähne nicht mehr putzen können, ich nehme an, dass mein Atem stinkt, weshalb ich mich doch lieber nicht mit der Zunge putzen will. Das Fenster ist zu hoch angebracht, um hinaussehen zu können. Der hellbraune Kunststoff meiner Box und die Gittertür sind meine

Aussicht. Der Hund neben mir gibt noch jammernde Laute von sich, weiter weg winselt jemand, das muss ein kleiner Hund sein, vielleicht die Zwergpudelhündin, überlege ich.

«Noch ein bisschen Geduld, es dauert nicht mehr lange», ruft die Betreuerin nach hinten.

Ich hätte fast schon mitgejault, halte mich nun aber zurück. Der Wagen biegt jetzt öfter ab, was darauf hindeutet, dass wir uns dem ersten Ziel nähern. Wald rieche ich schon lange nicht mehr, es muss eine städtische Umgebung sein. Ich höre andere Autos, kreischende Kinder und Motorroller, viele Motorroller. Könnte es sein, dass ich die Erste bin? Der Transporter hält an, die Betreuerin steigt aus. Meine Box steht den Hecktüren am nächsten. Als Letzte hinein, als Erste hinaus, kann das sein? Meine Box wird angehoben. Ich sehe eine Straße mit Klinkerpflaster, schmale Häuser, Straßenpoller, ein abblätterndes Plakat mit einem bunten Monster, die Bank vor der Hipsterkneipe, die grüne Haustür, die Räder von unzähligen Fahrrädern.

«Hallo! Was für ein erfreulicher Besuch!»

Deine Stimme. Ich höre deine Stimme, deine schrecklich liebe Stimme, die jeden beruhigen will. Ich werfe mich gegen die Wände der Box, die immer noch getragen wird. Ich kann nur deine Beine sehen, deine langen, dünnen Beine in einer guten schwarzen Hose mit noch scharfer Bügelfalte.

«Na, da ist aber jemand unruhig», sagst du lachend.

«Das gibt sich gleich schon, im Augenblick sind sie alle noch aufgeregt.»

Ich werde abgestellt, draußen geschieht etwas, wovon ich so gut wie nichts mitbekomme. Ich rieche die alte Straße, in der ich so oft gewesen bin. Ich will bei dir sein, könnte ich nur das Türchen öffnen, ich muss hier raus. Ich rieche dich, die teure Wolle deiner Anzüge, dein Parfüm, von dem du gerade so viel aufträgst, dass man es als Mensch wahrnehmen kann, als Hund muss ich feststellen, dass es ein bisschen überwältigend ist. Ocker, Holzspäne und Feuer. Hunde wären fantastische Parfümeure.

Ich ertrage das Warten nicht länger. Ich will nicht an Hunde als Parfümeure denken, ich will mit Haut und Haar deins werden. Endlich hebst du die Box hoch, dein Griff ist kräftig, vielleicht liegt das an den vielen Kisten, die du nach deinen Konzerten geschleppt hast.

«Danke! Ciaociao!»

Du trägst mich die schmale Treppe hinauf. Ich kann sehr gut selbst Treppen steigen, denke ich, aber ich verhalte mich ruhig. Der Geruch des Treppenhauses rührt mich, ich habe es so lange nicht riechen dürfen, und jetzt bin ich endlich wieder hier. Es ist dieser Geruch nach Staub und Schimmel, der sich in den alten Häusern von Amsterdam einnistet, ich möchte mich darin wälzen. Es ist mein Haus, hier gehöre ich hin. Du trägst mich bis zur obersten Etage, machst dich an der Tür zu schaffen und stellst mich dann ab. Es ist so weit. Mein Herz zieht sich tiefer in den Brustkorb zurück, ich ringe nach Atem, meine Zunge gleitet über den gewellten harten Gaumen. Du fummelst an der Tür meiner Box herum, und jetzt öffnet sie sich. Du gehst in die Hocke, und ich sehe dich. Deinen Kopf voller Locken, frisch gewaschen, deine Augen, du hast mich immer ein bisschen an einen fröhlichen Hund erinnert, du breitest die Arme aus. Und ich schnelle aus der Box hinaus, der Teppichboden unter meinen Pfoten fühlt sich herrlich an, ich bespringe dich, du kippst nach hinten, du schließt mich in die Arme, ich bin zu schwer, du verlierst das Gleichgewicht. Zusammen liegen wir auf dem Teppichboden, wie wir es noch nie getan haben. Ich will dir das Gesicht ablecken, ich lecke dir das Gesicht. Deine Nase, die du selbst zu groß findest, ich dagegen perfekt. Dein Gesicht schmeckt salzig, ganz wunderbar. Wenn ich einen Moment wählen dürfte, den ich auf ewig immer wieder erleben möchte, dann wäre es dieser. Unaufhörlich zu dieser Stelle zurückspulen. Du kraulst mich hinter den Ohren, ein Prickeln auf meinem gesamten Körper, fast so, als könnte jeder Haarbalg es spüren. Alle Nervenenden vibrieren vor Aufregung. Ich liebe dich. Ich belle, dass ich dich liebe. Vor Freude drehe ich mich auf deinem Brustkorb einmal im Kreis. Du nutzt die Gelegenheit, um dich aufzurichten.

«Na, was bist du wild, was bist du wild.»

Ja, will ich rufen, ich bin so wild und ich bin so froh, dass du mich endlich siehst.

«Gianni!»

Ich hätte es mir denken können.

«Ja, freust du dich über deinen Namen? Gefällt er dir? Gianni!»

Ich hätte mir denken können, dass du mich nach deinem höchsten Stilgott benennen würdest. Du trägst fast nichts anderes, und monatelang hast du von einer Versace-Tapete gesprochen, die du so gern haben wolltest. Dass ich eine Hündin bin, hält dich nicht davon ab, mich so zu nennen, der Name passt immer, und ich werde ihn mit Begeisterung tragen. Ich springe an dir hoch und versuche, noch einmal über dein Gesicht zu lecken, es schmeckte so gut.

Du beugst dich zu mir hinunter, und ich wünschte, ich könnte dich mit meinen Vorderbeinen umschlingen und nie mehr loslassen.

«Willst du raus?»

Ich darf wieder mit dir durch die Straßen paradieren. Neben dir, stolz wie in all den Jahren, in denen wir zusammen unterwegs waren. Ich weiß, dass Leute sich nach uns umgedreht haben. Ich weiß nicht, wie sie jetzt reagieren werden. Ich glaube, dass ich ein süßer Hund bin.

«Gianni.»

Ich muss einen Moment versteinert gewesen sein.

«Gianni, Gianni, Gianni.»

Du klopfst fröhlich auf deine Schenkel. Du sprichst wieder mit mir. Du willst, dass ich zu dir komme. Und ich werde von jetzt an jedes Mal, wenn du mich rufst, voller Überzeugung zu dir rennen.

«Gut! Kleiner Liebling!»

Jaaaaaaaa, nenn mich auch Flauf, ich will einen ganzen Regenbogen von Kosenamen.

Von der Mikrowelle, auf der du auch deine Schlüssel aufbewahrst, nimmst du eine Leine mit Halsband. Auf dem Leder sind goldene Knöpfe mit dem Medusa-Logo befestigt, du bist vorbereitet. Natürlich bist du vorbereitet. Vorsichtig legst du mir das Halsband um, ich versuche stillzuhalten, was bei der Aufregung, die in mir tobt, alles andere als einfach ist. Die Vorstellung, dass ich mit dir auf die Straße darf, ist fast mehr, als ich verkraften kann. Die Begeisterung fährt mir in die Beine, ich muss sie bewegen.

«Noch einen Moment Geduld, Gianni.»

Auf der obersten Treppenstufe bleibe ich stehen, im Zentrum habe ich gelernt, dass Treppen hinunterzulaufen schlecht für meinen Rücken ist. Das gefällt mir, denn es bedeutet, dass du mich tragen musst. Drei Treppen lang an deiner Brust. Du ziehst an der Leine, aber ich werde mich nicht rühren.

«Traust du dich nicht? Okay, ich trage dich. Kleine, liebe Gianni.»

Ich hatte so gehofft, dass du viel mit mir sprechen würdest, und nun tust du es tatsächlich, und es ist noch schöner, als ich es mir ausgemalt hatte.

«Du darfst Papa nicht schmutzig machen.»

Meine Pupillen erweitern sich; wenn ich noch lächeln könnte, würde ich es tun. Ich werde dich Papa nennen, und ich bin dein kleiner, lieber Hund. Daddy, bring mich raus, wenn ich pinkeln muss. Daddy, ich will auf deinen Schoß. Daddy, darf ich bei dir einschlafen? Daddy, ich will mit deinen Socken spielen, wenn sie stinken. Daddy, ich will mit meinem Unterleib über dich reiben. Daddy, ich will, dass du mich wäschst. Daddy, ich werde der einzige Hund sein, der das genießt. Daddy, ich will, dass du mich stolz all deinen

Freunden vorstellst. Daddy, ich will zusammen mit dir nach den Wellen schnappen. Daddy.

Am Horizont hängen kleine Wolken, die Sonne geht bald unter. Das Licht wandert sanft durch die Straßen und macht die Beine der Menschen sehr, sehr lang. Du stellst mich neben dir auf den Boden und streichst noch kurz über meinen Kopf.

«Bist ein braver Hund.»

Voller Glücksgefühl ziehe ich an der Leine. Alle sollen uns sehen, und ich will alle und alles sehen. Jede Straße, jeder Mensch, alles muss uns kennen.

«Na na, Gianni, mal langsam.»

Ich hatte vergessen, dass du streng sein kannst. Du bleibst so lange stehen, bis ich zu zerren aufhöre und neben deinen Fuß zurückkehre.

«Brav.»

Diesmal werde ich hören und genau das tun, was du von mir verlangst. Du trägst deinen langen Versace-Mantel, deinen schönsten, mit dem dramatisch gemusterten Futter. Sogar deine Schuhe sind frisch geputzt, meine Augen spiegeln sich in den Kappen. Amsterdam fühlt sich wirklicher an, in den vergangenen Monaten war alles in dieser Stadt von einer Membran bedeckt, die plötzlich jemand weggerissen zu haben scheint. Die Straßenecken sind schärfer, die Gerüche aggressiver, die Menschen deutlicher abgegrenzt. Und dieses unbestimmte Gefühl, das monatelang in meinem Brustkorb hauste, ist verschwunden. Selbst wenn ich einen kurzen Moment nicht an dich dachte, war dieses Gefühl immer da. Ein schwerer Stein, den ich überallhin mitschleppen musste. Es hatte keinen Zweck zu denken: Ich will diesen Stein jetzt nicht, ich lasse ihn zu Hause. Dann fand ich einen noch größeren Stein in meinem Rucksack, noch schwerer und kantiger als der erste. Irgendwann lagen überall im Zimmer große graue Steine. Meine Freunde sagten, ich müsse lernen, das Schöne daran zu sehen. Dann würde ich mehr über das Leben wissen. In meinen Augen waren die Steine einfach grau in grau, überhaupt nichts Besonderes, nur schwer und langweilig. Und ich legte keinen Wert darauf, mehr über das Leben zu wissen. Außerdem stimmte das nicht einmal, ich wusste nur mehr über Schmerz, über Leid, nicht über Freude, die doch wohl auch zum Leben gehört. Im Alltag ist kein Platz für Trauer, die heben wir für unsere vier Wände auf. Erst wenn wir allein sind, vertrauen wir unser Leid dem Badezimmerboden an oder krallen die Hände in ein Kissen, vielleicht schreien wir im Auto bei voll aufgedrehter Musik. Höchstens ein einziges Mal halten wir es während der Arbeit plötzlich nicht mehr aus und schluchzen an der Schulter einer Kollegin, bis sie uns einigermaßen beruhigt hat. Und danach schlucken wir den Kummer wieder hinunter. Gerade weil er in unserer Gesellschaft keinen Platz hat, sprudelt die Literatur davon über. Von jetzt an will ich nie wieder daran denken. Es betrifft mich nicht mehr, ich gehöre nun zu den Sonntagskindern, von denen Kummer abperlt wie Wassertropfen, er bleibt nicht einmal eine Sekunde an ihnen hängen. Sie haben keine Ängste und sind noch nie in einem überfüllten Zug in Panik geraten. Zu diesen Glücklichen gehöre ich jetzt, zusammen mit dir. Als wir am Jordino vorbeikommen, winkst du einem der Konditoren hinter der Kuchentheke zu, und trotz der Schlange von Wartenden kommt er heraus.

«Sehe ich richtig?»

Du lächelst breit.

«Hast du einen Hund? Oder bist du wieder mal zu lieb und spielst Babysitter?»

«Das ist mein Hund.»

Der Mann beugt sich zu mir hinunter.

«So ein Spätzchen.»

Ich mag es nicht, Spätzchen genannt zu werden. Ich könnte nach ihm schnappen, aber ich glaube, das würde dir nicht gefallen. Seine Hand nähert sich meinem Kopf, an den Rändern seiner spröden Fingernägel kleben Schokoladenreste. Seine Hand verschwindet aus meinem Blickfeld, und plötzlich spüre ich seine Finger hinter meinen Ohren. Er streichelt anders als du, gröber, er zieht an meinem Fell. Seine andere Hand kommt näher. Ich schnappe knapp neben seinen Zeigefinger. Erschrocken zieht er beide Hände zurück.

«Ein kleines Biest ist das.»

Er hat sich wieder aufgerichtet.

«Tut mir leid. Frecher Hund. Ich hab sie gerade erst bekommen.»

Mir ist nicht klar, warum du das sagst, was spielt das für eine Rolle? Wir kehren um. Der Konditor ruft uns noch etwas hinterher, ich höre nicht mehr hin. Sein Geruch wird mir immer im Gedächtnis bleiben, rohe Eier in Kombination mit saurem Schweiß. Dem Kerl will ich nie wieder begegnen.

«Das darfst du nicht mehr tun, Gianni.»

Du gehst schneller als auf dem Hinweg. Ich muss mich anstrengen, um mit dir Schritt zu halten, fast rennen. Mir fällt ein, dass ich noch nicht gepinkelt habe. Das muss ich doch draußen tun, ich will ja deine Wohnung nicht schmutzig machen. Ich stemme mich gegen den Zug der Leine, du ziehst fester. Ich kann schon deine Haustür sehen, und ich weiß nicht, wann wir wieder aus dem Haus gehen. Deshalb lasse ich es laufen, während du mich hinter dir her zerrst. Eine Spur von Pipi auf den Klinkern, es ist besser, du siehst es gar nicht. Aber du drehst dich um, du musst gespürt haben, dass meine Hinterpfoten auf dem Gehweg schleiften.

«Oh.»

Du bleibst stehen.

«Tut mir leid, Gianni, ich muss mich erst an alles gewöhnen.»

Meine Blase ist leer, und ich habe mich noch niemals so geschämt. Langsam schiebst du die Hände unter meine Brust und meinen Bauch. Ich weiß nicht, ob du das tust, weil du behutsam mit mir umgehen willst oder weil du Angst hast, dass du noch Pipi abbekommen könntest. Du drückst mich weniger fest an deine Brust als beim ersten Mal. Bei jeder Treppenstufe stoße ich leicht mit dem Kopf an dein Kinn. Je höher wir kommen, desto weiter drehst du den Kopf weg. Im Zimmer setzt du mich ab.

«Tut mir leid, liebe Gianni.»

Du streichelst mir den Kopf. Dann sagst du noch etwas, aber ich verstehe es nicht.

«Du wat fen genas broktor, kleine Gianni.»

Du klopfst mit den Händen auf deine Schenkel, und ich laufe etwas verwirrt zu dir.

«Da wüfen dö heten falamon middeim kleine brockmäul.»

Ich muss mich konzentrieren, wenn ich mich konzentriere, wird alles gut.

«Afcher weise duda neimer, hös danni.»

Ich strenge meine Ohren an, kneife die Augen zusammen. Sag noch etwas. Du behältst den Mantel an. Warum behältst du den Mantel an? Du fummelst in deinem Kleiderschrank herum und ziehst ein Barett heraus. Ich erinnere mich, wie du dich darüber aufregen konntest, dass Frauen ein Barett tragen dürften und Männer in deinem Alter nicht, dass man immer nur ältere Männer, die auch rote Kaschmirschals trügen, mit Barett sehen würde. Warum weiß ich das noch, kann mir aber auf das, was du gerade sagst, keinen Reim machen?

«Ies feet si aas pinne.»

Wenn ich ganz nah vor dir stehe, kann ich dich vielleicht verstehen, dann wird alles wieder richtig sein. Hatte Gerard nicht etwas dazu gesagt? Warum kann ich mich daran nicht erinnern?

Ich drehe mich im Kreis, ich sehe meine Rute und will hineinbeißen. Wenn mir das gelingt, werde ich vielleicht in die Realität zurück katapultiert. Dann wird alles gut, und ich verstehe dich wieder. Ich drehe mich und merke, dass mir übel wird. Die Spitze meiner braunen Rute ist so schrecklich nah. Dann spüre ich zwei Hände an meinen Flanken.

«Leine Gianni, naichu ferr.»

Du gehst in die Hocke und hältst mich fest. Du schaust mich an, wie du mich auch früher schon angeschaut hast. Dein Blick ist sanft und gleichzeitig entschlossen. Ich erinnere mich viel zu gut daran. An den Moment, in dem du zur Tür hinausgegangen bist, um nie mehr wiederzukommen. An das letzte Mal, als du mich Flauf genannt hast, an das letzte Mal, als du mich als deine Geliebte in den Armen gehalten hast, an das letzte Mal von allem. Geh nicht, geh nicht weg.

«Leine Gianni, iel benu gaat aifa made haine sort.»

Du sprichst in sanftem Ton, versuchst mich zu beruhigen. Ich erkenne diese Stimme, die etwas verbergen will. Wenn du mich wieder verlassen willst, sag es. Brüll es lieber. Aus dem Schränkchen unter der Spüle holst du einen Plastikbeutel, blau-weiß bedruckt. Ich verstehe nicht, warum, wofür brauchst du jetzt einen Beutel? Wir waren gerade erst draußen. Warum musst du denn schon wieder raus? Bleib hier, wir haben noch nicht einmal zusammen auf dem Sofa gesessen. Ich habe dir noch nicht die Socken von den Füßen ziehen können. Ich habe gelernt, eine Zeitung aufzuheben und sie dir zu bringen, das würde ich dir gern zeigen. Wir können kurz zusammen auf dem Bett liegen, um zu verschnaufen, wir haben beide viel gesehen. Ich kann Rollen machen oder mich tot stellen, ich weiß nicht genau, warum man mir diesen Trick beigebracht hat, aber ich kann es. Soll ich es dir zeigen? Geh doch jetzt nicht weg. Nicht wieder. Du musst hierbleiben, bei mir, das hast du versprochen, sonst wäre ich jetzt nicht hier. Deshalb darfst du nicht weggehen. Ich werde nie wieder nach Menschen schnappen, mit denen du sprichst. Auch nicht, wenn sie eigentlich sehr dumm sind und obwohl ich besser einschätzen kann, wer gut zu dir ist und wer nicht. Ich werde es nie wieder tun, ich verspreche es. Nicht einmal nach Menschen, von denen ich ganz genau weiß, dass sie nicht gut zu dir sind. Das sind ja im Grunde fast alle. Du nimmst einen Fusselroller von der Mikrowelle und entfernst meine Haare von deinem Mantel. Warum? Dürfen die Leute etwa nicht wissen, dass wir zusammen sind? Bleib hier. Wir können spielen. Du hast bestimmt etwas, womit wir spielen können. Ein Stück Schnur reicht schon, ich werde ganz süß knurren, andere Menschen finden das oft richtig toll. Du greifst nach dem Beutel und nimmst die Schlüssel von der Mikrowelle. Kann das wahr sein? Passiert das jetzt wirklich? Nach all den Monaten, die es gedauert hat? Darf ich gerade mal eine Stunde mit dir zusammen sein und muss dich danach wieder weggehen sehen? Wenn es so ist, will ich es nicht. Das darf nicht das Ergebnis all meiner Mühen sein. Ich möchte wimmern vor Schmerz, stattdessen belle ich mitleiderregend.

«Still! Gianni!»

Ich verstehe dich noch. Sprich weiter, sag noch was, erklär mir, was passiert. Du musst wissen, dass ich große Angst habe.

«Naido pannan söre, haisu, Gianni?»

Liebster, sag mir, was hier geschieht. Ich ertrage das nicht noch einmal. Hilf mir, es zu verstehen. Ich belle lauter.

«Gianni!!»

Du siehst mich so böse an, ich will dich nicht wütend machen. Die Falte zwischen deinen Augenbrauen vertieft sich, und ich weiß, dass du das nicht magst. Es tut mir leid, alles tut mir leid. Bleib hier, wir können uns zusammen auf den Boden legen, wir können so tun, als gäbe es hier einen Kamin, geh jetzt nicht weg. Ich jaule, obwohl ich den Mond nicht sehen kann. Vielleicht kann Gerard zurückkommen und mir sagen, was hier geschieht. Geh nicht weg. Alles, was ich weiß, ist, dass du nicht wieder weggehen darfst. Tu es nicht. Bitte nicht. Du weißt nicht, was ich alles durchgemacht habe. Du öffnest die Tür.

«Iel köme loifeda.»

Und dann ist sie zu. Ich werfe mich dagegen. Ich heule die Decke an.

Titel der niederländischen Ausgabe:
Ik will geen hond zijn

Erschienen bei De Bezige Bij, Amsterdam 2019

Die deutsche Ausgabe wurde durch finanzielle Unterstützung der Niederländischen Stiftung für Literatur ermöglicht.

Nederlands letterenfonds
dutch foundation for literature

Für die deutsche Ausgabe:

www.chbeck.de
Umschlaggestaltung: geviert.com, Michaela Kneißl
Umschlagabbildung: © Shutterstock
Satz im Verlag
Druck und Bindung: CPI-Books, Ulm
Gedruckt auf säurefreiem, alterungsbeständigem Papier
(hergestellt aus chlorfrei gebleichtem Zellstoff)
Printed in Germany
ISBN 978 3 406 76847 7

myclimate

klimaneutral produziert
www.chbeck.de/nachhaltig